S P R I N G

每一本好書都是一顆種子，
春天播種在你的心田夢土上。

Spring

S P R I N G

每一本好書都是一顆種子，
春天播種在你的心田夢土上。

S P R I N G

每一本好書都是一顆種子，
春天播種在你的心田夢土上。

Spring

好愛情 壞愛情。

Good Love & Bad Love.

假裝愛一個人很容易
假裝不愛卻困難

好的愛情不用假裝
壞的愛情卻必須
假裝愛
或 不愛

自序

連續發行兩本幸福純愛系作品，這對我而言是個新鮮。

《好愛情，壞愛情》原書名是《小妹》，法蘭克福出版，二〇〇三那年，如今正式收錄進橘子作品集，編號是十七。然而不得不強調的是，希望手中已經有《小妹》的你們就別再重複購買它，把那小小的金額用來請自己吃頓飯，或者捐作公益，都更好；雖然是個題外話，不過，ＡＴＭ轉帳家扶中心很方便，而且不扣手續費；台灣還有很多小朋友餓著肚子過日子，這不是他們的錯，而且他們需要幫助。

雖然我寫的是以愛情為主題的小說，不過在我自己看來，親情常也在書中佔了某種程度的分量，篇幅不會很多，但就是會提及，尤其又以幸福純愛系為最。

無論是《幸福，不見不散》的父女，《妳的愛情，我在對面》的姐弟，《只是好朋友?!》的母女，以及這本《好愛情，壞愛情》的兄妹以及姐妹；他們不見得相處得很完美，但他們把對方放在心底，愛著，珍惜著。

如果能以珍惜的心情看待我們生命中的家人、朋友、戀人，那麼，我們的人生，不幸福也難吧？

是這樣覺得的，橘子 :）

第一章

看電視吃宵夜，老媽突然從樓梯探下頭來，吩咐我待會要去接小妹。

「為什麼要我？」

『因為那時候只有你會還醒著呀。』

「那我要開車哦。」

『上次把你爸的車給撞壞還沒跟你算帳咧！』

有沒有搞錯！這種冷死人的鬼天氣居然叫兒子騎機車出門？

『別忘了帶件外套哦。』

「我當然會穿外套出門呀。」

『我是說別忘了帶件外套給小妹。』

然後老媽就安安心心的上樓睡她的覺，看著老媽的背影，我開始懷疑自己是不是她的親生兒子？

一點半，那該死的女人才慢吞吞的打電話回來，說車子到交流道了，要我識相點快出門。

「幹嘛現在就出門？」

『一個小女生半夜在外面等人多危險你知道嗎？』

嘖！我倒是很肯定小妹是老媽的親生女兒沒錯。

真是沒看過有大學生還每個月回家兩次的，想必是缺乏愛情的滋潤所以才特別需要家庭的溫暖吧！

看來身為兄長的我是有必要替小妹介紹男朋友的，於是在騎車前往車站的路上，我在腦海裡開始列出仇人名單。

仇人名單？

其實我之所以會這麼想，並不是因為看不起小妹或是什麼的，完全是因為看過小妹寫過的小說，才會決定這麼做的。

我想我大概一輩子也忘不了小妹前男朋友的名字吧。

因為在小妹寫過的小說裡，總會有一個相同的名字出現，最後不是被車撞死，就是得怪病死掉，要不搭飛機死掉，反正不管怎麼樣，那個名字最後都會不得善終就對了，而且一次比一次還慘不忍睹。

到了車站，這女人居然還沒出現，於是我撥了電話給小妹問問：

『還沒到呀！』

好心冒著冷風來接她回家，居然還這麼不耐煩的咧！

「妳剛不是說到了交流道？」

『我不這麼說的話，你會先出門嗎？』

過分。

我下意識的拉緊外套，不是因為冷，而是因為怕遭遇到什麼不測，畢竟在這種夜半時刻，會遇到什麼事，誰也說不準的。

在還沒有擬出仇人名單時，我開始先在腦海裡想像自己一個不小心的餘光，惹來心情不好的混混挑釁，於是莫名其妙的被砍了十八刀，後來還登上社會版的小角角，而內容大概會如下——

男子深夜遭襲，傷勢並無大礙，但本人卻受到過度的驚嚇，於出院時不慎遭車輾斃，一命嗚呼。

而那禍首，即我小妹，在一陣傷心欲絕並且怕我作鬼找她報仇之後，便決定替哥哥寫本小說紀念，我不知道小妹會怎麼寫我，但我想大概猜得到那混混會被取為什麼名字吧，也猜到他會有什麼下場。

好冷！

一陣冷風吹走了我腦子裡的胡思亂想，於是清醒過來的時候，我才終於想到該做件正經事——

看看有沒有漂亮美眉！Yes！

我東張西望了大約五分鐘，然後發現此時的車站總共有十八位女性在等人，年輕者有七位，尚可入目者三位，是為美眉者一位。

而且那一位同時也在看我。

此時不把更待何時？

於是我堆滿笑容走向她，才想擺出一個最迷人的笑臉時，這漂亮美眉卻先開口了——

『你是昱誠吧？』

「唔？」

『我是你的國中同學呀！你忘了？』

蝦米？我什麼時候有過這麼正點的國中同學？嘖嘖嘖！真是好心有好報，正好可以藉機用力的打量著眼前的美眉，但是不管怎麼看，還是只能停留在似曾相識的程度上。

一直到她報出名字來，我才開始後悔。

真是沒想到她居然還是我國中的女朋友，而為什麼要後悔？因為那時候我背著她劈腿別的女生，待東窗事發之後，她紅著眼睛問我為什麼不去死？然後班上有一半的女生同仇敵愾、對我施以冷戰，一直到畢業後才結束這場惡夢。

她們的戰略成功得讓我有一陣子以為自己真的是個人渣。

『想不起來？』

「是想起來了，只是沒想到妳變好多……」

開玩笑！要她當年有這麼漂亮的話，我哪還會吃裡扒外最後落得被人詛咒去死的下場。

想起來這美眉曾經詛咒我去死的這件事，讓我也沒顏面再繼續白爛下去，於是我強顏歡笑的向她道別後，決定到轉角的7-11看雜誌。

我到7-11的習慣是先看店員的長相，如果店員是個相貌可愛的美眉時，那我通常會順便印一張身分證，如果長得活脫脫像是日本流行雜誌走出來的，那我就會順便再請她教我使用傳真機，因為如此一來，就可以假藉機會要美眉在教學的途中，接著進行後續的動作。

我因為這個小手段成功追到過三個女朋友。

不過通常這種時間是不會有女店員的，所以我直接走到雜誌那區，才想看看有沒有什麼清涼寫真集的時候，眼光卻被眼前的女孩吸引住。

今晚真是好狗運！居然可以在前後五分鐘看到兩個漂亮美眉。

「我們是不是在哪裡見過？」

她抬頭看了我一眼，不理。

「別擔心，我不是壞人，只是覺得妳很眼熟而已。」

她又抬頭看了我一眼，還好，這次的防衛少了些，在讓她看的同時，我試著擺出最誠懇的笑容。

『聽你這麼一說……我倒也覺得你挺面熟的。』

她的嘴角微微上揚十五度，想開口說話的時候，我的手機響起。

礙於在美女的面前，於是我只好把原本要破口的粗話吞進肚子裡，假裝很溫柔的要小妹等我一會。

「可以再見到妳嗎？」
『有緣的話。』
「可以請問芳名嗎？」
『有緣的話。』
可以不要是這句話嗎？
「那……妳一個人小心點哦！壞人是不會說自己是壞人的。」
『好，Bye。』
她笑了！我的老天爺！我的心都快酥了！走出7-11的時候，我覺得自己甚至像是飄起來了。
只不過迎面而來的那個國中舊女友又把我拉回了地平線。
「真巧，又遇到妳。」
『嗯。』
「Bye。」
我拔腿快跑，不知道為什麼，我覺得有點怕她。
在騎車回家的路上，我滿腦子還是那個女生的笑容。

『哥……』

「嗯？」

『綠燈了。』

「哦。」

回家之後，那笑容還在我的腦海裡揮之不去，洗澡時也是，躺在床上時更是，於是我決定去找小妹聊天，以增增兄妹之間的感情，好忘掉這個不太可能會把到的美眉。

「小妹……」

很奇怪，我明明是想告訴她仇人名單的，但是不知道為什麼，我居然問了一個她最拿手的問題。

「當一個女生詛咒男朋友去死的時候，那是什麼心情呀？」

為什麼我會這麼問？因為每當我想起那個女生的時候，總是會連帶想起舒寧，就是那個國中的女朋友。

那個發現我劈腿之後問我為什麼不去死的國中女朋友。

那個在若干年後居然變成個超級正妹的國中女朋友。

『就是希望他去死的心情呀。』

「哦。」

『幹嘛？』

「沒事，只是想來借妳的書看。」

『做什麼？』

「睡不著呀！看妳的書可以幫助睡眠。」

可惡！這女人居然對兄長施以暴力。

「妳還在寫小說呀？」

『嗯。』

「還是會繼續在書裡讓那個名字不得好死嗎？」

完了！小妹開始抄傢伙了。

為了免於命葬小妹的手裡，我只好連忙捉了一本她的書，然後以逃命的姿態衝出房間。

小妹的書真的很有用，我才看完了序就呼呼大睡了。

只是可惜在夢裡沒見到那女孩的笑容，否則就可以在今夜劃下一個完美的句點了。

隔天醒來之後，居然已經不見小妹的蹤影，晚上回來之後，這女人還沒有回家的打算。

我突然有種不祥的預感。

於是我偷溜到她的房間打開她的電腦，是因為很想先了解一下這次那個名字會是什麼身分，然後預測這次會是怎麼個死法；好吧！其實我只是想先確定一下，如果那名字還出現在小妹的書裡，這就代表小妹還沒有新的戀情、還忘不了那個人，這就是為什麼我會冒著生命危險這麼做的原因。

可是奇怪的是，看那故事已經進行一半了，卻還沒看到那名字的出現，倒是我發現我的名字被她拿來用在一個跑龍套的小角色裡。

沒禮貌！少說也得用在第一男主角吧！

要是我夠膽的話，我就擅自改過，不過問題就出在於我不夠膽。

『你幹嘛在人家的房間啦！』

嚇！小妹居然回來了。

「沒、沒事無聊，所以來關心一下妳小說的進度呀。」

『神經病。』

「是，小妹所言極是。」

為什麼我這樣尊敬小妹？其實我本來不是對她這麼客氣的。

小時候的小妹是街頭巷尾超級有名的跟屁蟲，害得我每天都得趁她醒來之前溜出去玩，否則她就會跟在我的屁股後面，拉住我的衣角賴著不走。

我一直覺得在玩的時候還要照顧妹妹是很累又很煩的一件事情。

但是有一次臨時回家的時候，看見小妹一個人躲在客廳對著洋娃娃自言自語，那一刻我突然覺得很過意不去，於是我才開始勉強帶著她出去玩的。

其實這倒也沒關係，只是我很受不了她上小學的第一天，才第一節下課就跑來我的教室，哭著說她害怕，在又騙又哄的送她回教室之後，回去還得被班上那些臭男生取笑。

真是糗得要命。

只是長大後小妹就不再這麼依賴我了，有時候想到這一點，還是會覺得若有所失的，不過想想也好，因為我一直很擔心小妹會被我的那群哥兒們看上。

為什麼？因為物以類聚，所以我才害怕小妹會陷入那群壞男人的陷阱裡，還好我把小妹藏得很好。

沒想到後來小妹還是在感情上摔了跤，雖然她嘴裡詛咒人家去死，連在書裡也公器私用的不安好心眼，還每寫一本就詛咒一次，但是說真的，身為哥哥的我，還是覺得有點心疼的。

我知道她其實是在逞強，因為有天我看到小妹躲在房間裡偷偷掉眼淚。

但究竟是為什麼我要這樣尊敬小妹？

雖然從以前就聽說過別惹到搖筆桿的人，但我一直認為那只是寫文字的人說來嚇唬人、壯聲勢用的。

直到有天我發現有個寫武俠小說的作者，每次在書的結尾，也是會有一個壞蛋死在亂刀亂劍底下，而且那個名字在每本書裡都會出現；也就是說那個名字在那個作者的每本書裡，都會是個壞蛋，而且都會死得很慘。

於是我開始有了危機意識。

我很肯定不看武俠小說的小妹是絕對不會知道這件事情的，但她居然能夠也有這樣的認知，我想她真的是一個值得令我尊敬的小說家。

應該尊敬而且儘量不要惹到她的小說家。

隔天小妹要回學校了，老媽破天荒的答應我開車載她，我想那不是因為放心我不會再把車撞壞，而是小妹說她不想坐機車吹冷風。

『哥……』

「嗯？」

『我戀愛了。』

「吭？」

『不然你以為我幹嘛這麼勤勞回家？』

原來這就是我的不祥預感，看來我的仇人名單是暫時用不到了。

「下次有機會帶來給哥看看。」

『你好意思說。』

我們相視而笑，因為小妹也常對我這樣說，只是我的每段戀情總維持不到所謂有機會的下次。

『別再花心了，找個好女生安定下來吧。』

「妳也是，別在書裡咒前男友去死了，這樣很壞。」

小妹又笑了，看著小妹的笑容，我突然又想到了那個讓我飄起來的女生。

『開車回去小心點，別再把車撞壞了。』

到了車站前，小妹叮嚀著。

「小妹……」

『嗯？』

「下次失戀的時候找哥哥替妳揍人，不要再自己躲在房間裡偷哭了。」

『神經病。』

我連忙把車窗搖上，這才躲過小妹的拳頭。

「好好照顧自己啦。」

我最後說。

≫第二章≪

送走小妹之後，我一直覺得腦子脹脹的。

我想大概是因為知道小妹又戀愛了的關係吧！如果可以的話，我真希望小妹一輩子和戀愛無緣，因為我一直很放心不下小妹老是被那種看起來外表壞壞的男生吸引，為什麼我放心不下？因為很多人都說我就是那種外表壞壞的男人。

所以我才會清楚，通常這種人不只是外表壞而已。

——別再花心了，找個好女生安定下來吧。

想起小妹的交代，於是我決定翻開電話簿，和第二十六個、也就是前任女友談談分手後的生活，順便試探一下有沒有復合的可能。

只是當電話接通之後，我都還沒來得及報上名來，就被說：你不要再打電話來了。

「吭？」

『我討厭你。』

然後電話被掛上。

冷場。

其實我真的很委屈，如果我交往過的女生都是那種願意原諒前男友的出軌，肯網開一面接受復合的話，那我的戀愛次數就不會這麼不堪入目了。

放下電話之後，才想去小妹的房間偷看她的伊媚兒，看能不能從中發現什麼蛛絲馬跡來時，沒想到電話又響起——

嚇！我差點魂飛魄散，還以為小妹在房間裡裝了監視器，打電話連線回來警告我不要自尋短路咧。

結果原來是國中的班長。

居然這麼巧，剛遇到舒寧不久，接著就聽說要開同學會了，該不會是有什麼陰謀吧？例如說這只是個圈套，當我傻楞楞的一到現場時，發現是那群當初對我施以冷戰的女同學們，特地約我出來再度狠狠的羞辱我一番，這樣才能拂平當年的怨氣，再度提醒我曾經被當作人渣的這件事情。

不過我想應該是不至於吧！因為這班長是男的，但是為了人身安全起見，我還是決定問一個重要的問題——

「舒寧會去嗎？」

『舒寧？還沒聯絡上耶！她去你才去哦？』

「沒——」

打斷我，他繼續好八卦的說：

『想來個舊情復燃嗎？』

他娘的咧！別人家的風流韻事這傢伙那麼關心是怎樣？

不過想了又想，我還是決定從容赴義，因為我其實很想知道舒寧會不會來。

同學會訂在一家岩燒餐廳，沒想到會來參加的人還挺多的，於是我們包下了二樓全場。

當我到的時候，人已經來了八成多，八成多的人數就足以令這裡變成菜市場，我真的很難想像全部到齊之後會不會掀了人家屋頂。

我更難想像的是，我到底能不能找到位子坐下。

因為我才一上樓梯，就每前進一步被一個人找去窮哈啦一番，然後還得報告自己的生活狀況；真是想不透，我們國中的時候好像都還沒這麼關心過彼此咧！那時候我們只關心對方這次摸擬考幾分，或者是在學校都放話說不讀書、結果回家卻猛讀，這樣而已。

結果我從樓梯口走到位子上總共花了一個鐘頭又三十二分鐘，報告過二十五次我的生活狀況，聽到三十六次別人報告他們的生活狀況，說了四十二次好久不見，還有二十七次的妳變漂亮了。

其中有五個人已嫁作人婦身為人母，所以這裡頭有半個小時是用來聽媽媽經和抱怨老公不長進的。

當我坐定喘氣喝口水之後，才發現居然坐到舒寧的隔壁去了，而她背對著我和身邊的人敘舊，所以我打算趕緊趁機換位子。

『嘿！昱誠！你也來囉。』

破功！

舒寧順著那人的視線發現我的存在，於是我只好客套的和他們打招呼，還好這時候服務生正過來替我們點主菜，否則場面可能會有點尷尬。

而其實我們沒有多少深入交談的機會，因為服務生在上完主菜之後，大家開始把啤酒當白開水喝，而且好像都忘了啤酒是要算錢的。

在這種場合裡，通常飲酒助興是在所難免的。

但我開始想不透我的人緣到底是太好了還是太差了！因為每個人不約而同的，以一種發了狠的姿態、拼了老命的灌我酒喝，就連舒寧也是。

我不記得到底被灌了幾桶啤酒，甚至不太確定我是被抬著還是被扛著出來的，唯一有印象的是當走到停車場的時候，很多討論的聲音在我的耳邊響著，然後我感覺到有人伸手進去我褲子的口袋掏了掏，最後我車子發出聲響。

「哈哈哈！是我的車子耶。」

我只記得我像個白痴一樣的說了這句話，然後被幾個壯漢塞進後座，接著車子發動。

還好當我醒來的時候，人是在客廳的沙發上，而不是在狗籠裡或臭水溝裡，然後全身還被綑綁著。

我頭痛欲裂的試著起身，當瞳孔終於對焦之後，老爸開口先說話了：

『沒用。』

倒是老媽比較像話些，她先替我泡了杯熱茶，然後才冷冷的說我真是沒用。

「我是怎麼回來的？」

『一個很漂亮的女生開車送你回來的。』

很漂亮的女生？我仔細的回想，那現場裡好像只有舒寧一個人符合這個條件。

「她有說什麼嗎？」

『沒有。』

「名字?」

『沒說。』

「哦。」

然後我跌跌撞撞的上樓洗熱水澡，把身上薰死人的酒臭味洗掉之後，接著才昏昏沉沉的倒在床上睡著。

到底是誰好心開車送我回家的這個謎底，一直在我的心裡揮之不去，特別是連老爸都說對方是一個漂亮女生的時候，更重要的是，老媽居然沒有意見?因為我家老母打從以前就認為只有小妹才能稱得上是漂亮的女生，除了自戀，我也真的不知道能說她什麼了。

所以我才好奇這個連家裡二老都對她的漂亮沒有意見的女生到底會是誰?其實我直覺應該是舒寧，但為什麼遲遲不打電話給她呢?坦白說，我真是挺怕她的。

我的害怕和好奇在心底對抗了一個星期之久，最後是我的知書達禮得到勝利；也就是說，基於禮貌，我決定拿出那張重新製作過的通訊錄，戰戰兢兢的打了電話給舒寧。

舒寧沒有留手機，我只好選擇打電話到她家，響了六聲之後，聽筒傳來一個嚴肅的男聲。

「您好，麻煩請找舒寧。」

『你哪裡找？』

「我是她的國中同學，昱誠。」

『什麼事？』

不得了！我立刻認出接電話的人就是舒寧的父親，這老頭嚴格替女兒過濾電話的習慣不但數十年如一日，就是連詢問的步驟也是一路走來始終如一。

高手！

其實以前我在追舒寧的時候，總是過招到這個階段就被拒絕了，例如起初我會直說：「想和舒寧說一下話。」

這老頭就會說：學生有空多讀書，不要聊那些五四三。

那好，我就來研討學問：「我有功課方面的問題想請教她。」

沒想到這老頭接著說：明天再去學校當面問不是更清楚。

反正不管我出什麼招，這老頭總是見招拆招就對了，但唯有一次例外，那次接起電話的人是一個童稚的女聲，那嫩嫩的聲音跟我說請等一下，過了不久，舒寧的聲音出現在聽筒裡。

然後我成功的追到舒寧。

所以既然我都是有經驗的老手了，於是我便正正經經誠誠懇懇的說：

「事情是這樣子的，上次在同學會的時候，舒寧借了我一千塊錢，所以我想問她什麼時候方便還她。」

『等一下。』

哈哈！我就不相信這老頭會跟錢過不去！妙招。讚！

過了一會，舒寧的聲音把我從自我陶醉的虛榮裡拉回了現實，於是我連忙清清喉嚨，規規矩矩的報上姓名之後，開始緊張兮兮的試著想要切入主題。

「上次在同學會能見到妳真開心呵。」

『嗯。』

「沒想到大家變得那麼會喝酒哦。」

『是呀。』

「我真是喝了不少欸。」

『的確。』

慘了！我快要掰不下去了，索性來個開門見山法吧！

「因為我後來喝醉了，所以不曉得自己是怎麼回家的耶？」

『我開你的車送你回家的呀。』

「吭？」

『總不能把你丟在餐廳吧。』

「哦，這倒是。」

不對！還有一件事忘了問：

「我記得好像有人伸手進去我牛仔褲的口袋……」

『我呀。』

「妳？」

『你大腿還滿結實的。』

「謝、咳，謝謝、謝。」

不妙！我這個戰遍情場無敵手居然開始臉紅了！要是讓我的前二十五個女朋友知道了豈不壞了我在她們心目中的完美形象？

莫非是因為和舒寧說話的同時會令我變回到國中時那個害羞的小男生？

這也不對，因為我從小就不是害羞的人呀！甚至有次還當著花前月下，偷偷騙到了舒寧的吻咧！雖然事後被她呼了一個巴掌。

我想我大概知道原因了，因為我怕她。

「那妳後來是怎麼回家的？」

『小伍開車跟在後面，再送我回餐廳騎車的。』

「真是不好意思麻煩你們了。」

『還好。』

剎那間，我突然有種舒寧就要說再見的錯覺，不知道哪來的勇氣，我居然在情急之下脫口問道：「是不是可以請妳吃頓飯道謝呢？」

舒寧顯得很猶豫的樣子，不過我想也對，或許她根本不打算再看到我也不一定，或許她還恨著我也有可能。

一度我以為會聽到像是第二十六個女朋友對我說的：『不要再打電話來了，我討厭你。』這一類的，但沒想到舒寧最後淡淡的說：『那好吧。』

和舒寧分手後第一次，我感覺到飄了起來。

了解到舒寧不排斥再見面和吃飯的這件事情讓我放心不少，感覺到放心之後，我好像比較不那麼怕她了；也可以說是在我心中的舒寧好像一分為二，一個是當初因為我的背叛而紅著眼睛教我去死的那個舒寧，另一個是不忍心把我丟在餐廳裡而開車送我回家的舒寧。

而我有一種感覺，後者的舒寧好像慢慢的取代前者在我心中的記憶。

——**找個好女生安定下來吧**。

最後，我又想起了小妹的叮嚀。

》第三章《

約好要和舒寧吃飯的這天，我刻意打扮成最帥的樣子出現，其實這點對我來說很難做到，因為我本來就是一個非常帥的男人，到底要怎麼樣作成最帥的打扮呢？這點令我真的很為難。

哈！要給小妹聽到了、肯定又是一陣毒舌，可能會在書裡狠狠教訓我這種人也不一定。

『要去約會呀？』

出門前，坐在沙發上喝茶看報的老媽冷冷的拋下這句話。

「和朋友吃個飯，不算約會。」

不理我，老媽自顧著又問：

『這次會交往多久？』

「吭？」

我有一種來者不善的預感。

『聽著，雖然你是我的兒子，但我也是個女人，而我實在是受夠男人花心了，尤其那個人還是我兒子，這樣、你知道我的意思嗎？』

「哦。」

真是奇怪，老媽今兒個火氣這麼大是怎麼樣？我明明記得小時候有小女生跑到家裡來示愛時，她還覺得與有榮焉、到處炫耀咧！

看到老媽的心情不好，我原是打算識相的騎車赴約的，但沒想到臨出門前，老媽又說：

『開我的車去吧。』

「咦？」

『你要去約會不是？』

「哦。」

既然老媽都這麼說了，於是我就恭敬不如從命，駕著老媽的小MARCH赴約去了。

其實我約女孩子吃飯有幾個原則，是關於約會的地點。

如果對象是那種不食人間煙火、偏好花前月下型的女生，我就會帶她去風格浪漫的漂亮咖啡館，因為這類的女生通常吃的是氣氛，而不是師傅的廚藝；這是我從第七號女朋友身上學到的道理。

而對象是那種拜金型的女生時，我就會選擇在高級飯店裡的高級餐廳，來一頓色香味俱全的燭光晚餐，因為這一型的女生價值觀不是建立在氣氛或食物，而是男人付帳時所受到的震撼程度，如果順利的話，通常就能夠移駕去Check in一間房間來續攤，這是我從第十一號女朋友身上學到的道理。

可是舒寧，我就真的不知道該怎麼辦了，總不能還像以前那樣，騎腳踏車載她去吃麥當勞吧？

所以我決定帶她去一間以食物取勝的小餐廳去，這真的是一間極小的餐廳，全場客滿的話可能還不到二十個人吧！

氣氛算是普通，因為它走的是窗明几淨的風格，但那義大利麵和烤羊排就真的不是我在說的了！差不多是那種吃了之後，會讓人覺得活著真好的這種程度吧。

但問題是它太不顯眼、除非是經人介紹否則難以發現它的存在，於是我和舒寧約在SOGO見面。

當我停好車後對了一下錶，慘！我已經遲到十分鐘了。

於是我以跑路的姿態火速的衝向SOGO大門，沒想到竟遠遠的看到舒寧和一個滿臉衰相的男人大聲吵架；我不知道他們在爭執什麼，但是我知道該怎麼做。

我走到舒寧的身邊，抖腳，抽菸，捲起袖子，站出三七步，操著台灣國語，問：

「要不要ㄉㄠˋ兄弟來？」

舒寧沒有意見，倒是那衰男楞了一下，說：好男不跟女鬥，然後就匆匆的跑掉了。

然後我們哈哈大笑，問舒寧怎麼了？原來是她看不慣那衰男無端的踹了路邊的流浪狗一腳，於是舒寧拍了他的肩膀，問了一句：你是什麼毛病？接著兩個人開始對槓起來。

「妳不怕呀？」

我忍不住要替舒寧的帶種捏一把冷汗。

『怕什麼？他敢亂來的話、我就馬上報警，要他吃不完兜著走，後悔踹了那一腳。』

舒寧的厲害程度簡直是遠遠超過我的記憶了。

『嘿。』

「嗯？」

『不要抽菸好不好？很臭耶。』

「抱歉抱歉。」

我連忙把菸捻熄，然後帶著舒寧走路到那家餐館。

當我們坐定點完餐之後，這次我終於能夠有機會和舒寧好好聊一下這幾年來的以後。

「妳現在在做什麼呀？」

『唸研究所，你呢？』

「在我爸的公司上班，搞資訊，妳唸什麼研究所呀？」

『法律。』

嚇！這應該是比小說家還要不好惹的狠角色吧？不知道從什麼時候開始，我的身邊總是充滿著這些狠角色型的女生。

還有一個更重要的問題，但我不知道能不能問……

「妳有男朋友嗎？」

慘！我居然一時失察還是問了出口。

『前一陣子分手了。』

「為什麼？」

『個性不合。』

「怎麼說？」

『只能說是遇見他的時候，剛好想要談戀愛，但是成為情人之後，才發現他不是我想要的類型，為了不要浪費時間，我只好忍痛向他提出分手的要求。』

「那——」

『你呢？』

很明顯的，舒寧不是不想繼續這個話題，就是猜到了我想問她什麼；我想問的是，那她究竟想要哪一型的男生呢？

「談了幾次戀愛，但老是安定不下來。」

『幾次？』

「呃……十、六次。」

『你怎麼老是這樣呢？』

「咦？」

『究竟什麼樣的女生才能讓你安定下來呢？』

舒寧的口吻有點感傷，我怔怔的望著她，差點就要脫口而出：就是妳呀！

但我到底沒有，因為我不是一個會輕易承諾的男人，或者說，我討厭給承諾。

結果沒想到和舒寧吃飯不但不會緊張而且居然這麼愉快，因為我們總是有話聊，而且好像總聊不完似的，這超乎我的想像，真的超乎我的想像；最重要的是，舒寧笑起來好美；其實舒寧不笑的時候很有冰山美人的味道，所以她的笑容，就像是北極難得一見的陽光，有一種很珍貴的感覺。

於是用完餐之後，我決定把握機會，趁勝追擊：

「我送妳回家吧？」

『不用了，我騎車來的。』

就這樣讓舒寧溜走了嗎？No way！

「那妳開我的車，我騎妳的車陪妳回家？」

『幹嘛這麼麻煩？』

「冬天騎車很冷的，我不忍心讓妳受寒呀。」

舒寧又笑了，然後她說成交。

忍受十五分鐘刺骨的冷風換來舒寧的笑容，還有什麼比這個更值得的？

到了舒寧家之後，她下車把鑰匙交給我，然後微笑。

我想那微笑大概是在暗示我趕快把鑰匙也還給她好進家門，因為外面實在有夠冷。

說真的我並不想這麼做，因為我想舒寧一直在這裡陪我說話；當然這只是我的痴心妄想，如果我真的敢這麼白爛的話，舒寧可能會教她老爸放狗咬人也不一定。

看來只好使出拖延戰術了。

「妳一直住在這裡呀？」

『我高中畢業那年才搬來的。』

「哦……我好像也沒去過妳舊家哦。」

『對呀！那時候根本不敢讓我爸知道呀。』

「真是——」

『鑰匙。』

舒寧伸出手，笑得更燦爛了。

既然拖延戰術失敗的話，看來只好接著使出苦肉計了；於是我一邊將鑰匙遞給舒寧，一邊很用力的表演咳嗽，因為我想這樣一來舒寧應該就會明白，這是在暗示她於情於理應該讓我進去喝杯水才對。

『回去多喝點熱開水，小心別感冒囉。』

舒寧笑嘻嘻的丟下這句話，然後就轉身打算走人了。

在情急之下，我連忙拉住舒寧的手，而她倏地轉頭望著我，害我楞了一下，本來以為會被刮耳光或是什麼的，但沒想到舒寧還是笑。

『你到底在幹嘛呀？』

好，既然她都問了，索性我就直說吧。

「我只是想跟妳多說一些話。」

『那你再打電話給我就好啦，現在很冷耶。』

「我還可以打電話給妳？」

舒寧笑著要我伸出手來，她拿出筆寫了手機號碼在我的掌心。

『省得被我爸詢問。』

「那還可以約妳出來吃飯嗎？」

『你得寸進尺囉。』

「妳告訴我答案，我才肯走。」

『那答案是不可以。』

夠狠！這女人！拒絕別人的時候居然還可以保持一張好看的笑臉。

『你快回去啦！等一下真的著涼了。』

「我晚上打電話給妳。」

『Bye。』

望著舒寧的背影，我想我真的是愛上她了。
再一次的愛上她了。
不知道舒寧能不能成為第一個願意回心轉意再和我戀愛的女生呢？不知道會不會是第一個會令我想安定下來的女生……
我希望是。
等到舒寧的背影消失在我的視線之內後，我才傻笑著搔搔頭，開開心心的駕著老媽的小MARCH回家。
握著方才舒寧握過的方向盤，我突然感覺到一陣飄飄欲仙，怪了？什麼味道這麼香？莫非是舒寧搽了香水，以至於那香氣仍留在車中？
其實我知道舒寧沒搽香水，這只是我的幻覺罷了。
要給小妹知道了，她肯定又要說是我的色不迷人人自迷罷了。
小妹？對了！算算時間，晚上大既又得冒著生命危險去車站接她了，這下我可得好好向她研擬對策，看看要如何才能成功的再度擄獲舒寧的芳心。
為什麼？像舒寧這種狠角色型的女生，當然是要向小妹那種狠角色型的女生請教請教才恰當。

》第四章《

沒想到我滿心喜悅的回到家之後，居然發現了一個不速之客。

『哥，你回來啦。』

「這是？」

『我男朋友，小強。』

「小強？小強也者，乃蟑螂之暱稱暨俗稱是也。」

『哥，閉嘴。』

蝦米！小妹居然當著外人的面給我難看？簡直是完全棄我的男性尊嚴於不顧！

饒不了他！

他？對，饒不了的是小強而非小妹。

於是我點火抽菸，擺出一副非常不好惹的酷樣冷冷的打量小強：這傢伙，眉清目秀，唇紅齒白的，想把自己偽裝成新好男人的模樣？哼！最好別給我露出狐狸尾巴來，要是敢讓小妹掉眼淚的話，我就——

『哥，別抽菸了好不好？很臭耶。』

「抱歉抱歉。」

我捻熄了菸，突然一陣怒火中燒！因為我瞥見那小強居然握著小妹的纖纖小手，而遲鈍的老媽還笑呵呵的和他猛聊天。

真是老糊塗了！小妹都給人這樣佔便宜了，她還跟人家聊得這樣開心？簡直是氣煞我也。

「我說你呀！說話就說話，手牽那麼緊是怎樣？」

『我說哥呀，你自己約會不和女朋友牽手的嗎？』

開什麼玩笑！何止牽手咧！當然嘛是希望越快擊出全壘打越好，省得拖三拉四的浪費不必要的時間和精力在談情說愛、花前月下這方面無聊的事情上。

有道是『錢要花在刀口上』，而我徐某人的座右銘則是『愛情資源也要使在刀口上』。仔細想想，我的愛情資源居然也快要累積一個月了。

哎！

『你是不是約會不順利？』

繼小妹之後，老媽居然跟著開砲。

「沒呀，幹嘛問？」

『因為你看起來好像很嫉妒小妹的感情順利的樣子。』

真是什麼跟什麼！我幹嘛要嫉妒？更可惡的是，那小強居然擺出一副無辜的笑容，以局外人的姿態看著我們自家人起內鬨，看著我被兩個女人圍剿。

也罷，我只好先行回房，在思考要如何順利追到舒寧的同時，順便思考要如何破壞小妹和那隻蟑螂的感情。

受到這兩個女人的前後夾攻，於是我只好悶不吭聲的躺在床上，蹺著二郎腿望著天花板。

我氣餒的像隻夾著尾巴、落荒而逃的流浪狗，真是遜斃了。

點根菸來抽吧！反正這是我的房間，我就是老大，我想裸奔倒立吊鋼絲吞火圈都沒人管得著！

在點火的同時，我又看到了舒寧在我的掌心上寫下的數字。

很奇怪，一般人通常遇到這種情況的時候，都會選擇寫在手背或是手臂，但為什麼舒寧毫無考慮的就寫在我的掌心呢？由此可見，她真的是一個特別的女孩。

其實這對我來說是有點棘手的狀況，因為她特別，所以同理可證，舒寧會特別難追，最特別的是，我還曾經傷過她的心。

唉！真是前途多難、四面楚歌了，我到底追不追得到舒寧呢？這是第一次我對自己的把妹功力失去信心。

『哥。』

不知道什麼時候小妹突然走了進來，我嚇了一跳，連忙坐正捻熄香菸，只差沒有稍息敬禮而已。

為什麼？第一，我正在抽菸，雖然這是我的房間，但小妹才不會管那麼多；第二，小妹很少會進來我的房間，所以我得以恭敬的姿態迎接她的到來。

小妹老說我的房間裡唯一整齊的地方只有床頭的那盒面紙，還說她想不透男生的房間都這麼亂的嗎？其實聽到小妹這麼說的時候，我心底還亂竊喜一把的，因為這代表她沒進去過男生的房間，否則她就會知道，男生的房間就是這麼亂沒錯。

話說我的那群哥兒們，有的房間裡連那盒面紙都不乾淨咧！因為這一類型的男生通常侷限於會帶女朋友回家的，或是習慣把套子塞在面紙盒底下的；而我兩者的習慣都沒有，於是我的那盒面紙的確是乾淨的沒錯。

因為我會習慣去女朋友香噴噴的閨房裡或是乾乾淨淨的飯店裡；至於套子則是隨身攜

帶於皮夾內，以防不時之需或突發狀況或臨時起意。

只有那種過氣的小說人物才會規規矩矩以為只有床才是禁區。

「小強回去啦？」

『嗯。』

「我還以為你們待會要去約會咧。」

『本來是呀！可是我看你好像心情不好的樣子，而且我們也很久沒有全家人一起吃飯了吧。』

哈！總算讓我扳回一城了吧！哼！小強呀小強！我說你真的完蛋了！算你倒楣竟然在無意間讓我找到了小妹的弱點，以後你只要出現一次，我就會跟著裝可憐一次！哈哈哈！

誰教你千不該萬不該、居然在我這個兄長的面前，握我小妹的小手，哼！

我就不信我這樣泡你妹妹你會高興！

「對了，小強知道妳寫書嗎？」

『知道呀，但沒讓他看過，幹嘛？』

「哦……只是想說如果他看過了，就會有心理準備，知道一下以後如果你們分手了，他會有什麼下場呀。」

『你很煩欸。』

奇怪，小妹明明是在罵我，但卻笑得很開心的樣子，哎！戀愛中的女人大概都是這個樣子吧。

以前我的女朋友們也總是笑著甜膩膩的對我說：『你好壞』或者是『你真是大混蛋』這一類的；但分手後，她們就會正經八百的說：『我不要再看到你了』或者是『我們就到這裡了』。

哎！女人真的很難懂，還是我的小妹好懂些。

「其實妳也可以先幫他寫一本書呀。」

『什麼？』

「例如說蟑螂生存大全這一類的。」

『哥，你不要再拿自己的人身安全開玩笑了。』

小妹馬上收起了笑臉，還好我的房間太亂，所以她暫時還找不到可以拿來當作武器的傢伙；不過這也是戀愛中女人的特色之一，情緒總是陰晴不定的，活像顆不定時炸彈，尤其是當我的歷屆女友們捉到我出軌的證據時，那炸開的威力之猛烈，簡直可以提供給美國去對付賓拉登，以促進中美外交。

「小妹，妳看看這個。」

我把寫有舒寧筆跡的掌心攤開來給小妹瞧瞧。

『手機號碼？幹嘛？』

「只是想說妳們這些寫文字的人，可能對筆跡學會有研究也不一定。」

『你的新目標？』

「妳未來的大嫂。」

『真的？』

小妹居然倒抽了一口氣，幹嘛呀！我看起來像是一輩子娶不到老婆的人嗎？

「當然嘛假的，還真的咧！妳第一天認識我哦？」

小妹惡狠狠的給了我一拳，然後專心的看了看我的掌心，又看了看我的臉，最後她得到一個結論：

『是一個非常好的女生。』

「真的嗎？怎麼判斷？」

『其實我亂猜的啦！只是覺得她寫字的方法和我很像，所以我大膽猜測她應該是個不錯的女生。』

自戀。

「但是妳光看數字就知道了嗎？」

『你看這個8字，也是習慣劃兩個圈圈，而且她下筆如此之用力，如果不是因為恨你所以故意的，就代表她不是一個輕浮的女生。』

這倒是，前後兩者都是。

不過小妹說的倒也沒錯，她們的確是同一型的女生，只是不知道惹毛了小妹的下場會是在她的書裡死得很難看，那如果惹毛了舒寧呢？該不會被她告上法院吧？

「可是為什麼會寫在掌心呢？一般人不會這麼做吧！因為這樣很容易洗手或什麼的就洗掉啦。」

『這代表她有自信。』

「怎麼說？」

『她有把握你絕對不會弄丟這個號碼呀！所以才會寫在這麼容易被遺忘的地方。』

「朝聞道，夕死亦足矣，小妹請受為兄一拜。」

『先別高興得太早，還有一個可能性是，她就是希望你不小心把它洗掉，哈。』

真是的，先哄得我心花怒放，再給我狠狠灑上一桶冰塊，算她狠！

『不過你有沒有聽過莫文蔚的〈手〉這歌？』

「有呀，MV拍得挺正，而且莫文蔚搞什麼從頭到尾就一件睡衣到底也該死的性感成那樣——」

『哥！』

「好啦好啦，怎樣嗎？」

『我也不知道，就是突然想起來而已。』

「哦。」

『要聽嗎？』

「也好呀。」

於是小妹回她房間拿了那舊CD給我，然後把我一個人丟在房間裡聽莫文蔚唱〈手〉。

那是你的手　曾經輕輕安撫我眉頭　但也是它鬆開了我的　手
洩了氣的氣球　兩顆心在萎縮的溫柔　你始終只低著頭緊握你拳頭

詞／李焯雄 曲／蔡健雅

其實我只聽女歌手的音樂，倒也不是什麼成見，只是純粹偏好女歌手的音樂罷了。尤其是穿著性感的那型，這樣我就能在聽歌的同時，順便回想那火辣曼妙的美好曲線，這真是非常賞心悅目的視聽享受，所以我買CD幾乎都集中在夏天。

我最愛的女藝人是瑪丹娜，特別是早期的她，那簡直不是用垂涎欲滴四個字足以形容的，至於現在的瑪姐姐……嗯……雖然性感依舊、風騷如昔，但我實在不敢恭維肌肉那樣發達的女性同胞。

不過在男性裡面，我倒還挺欣賞李宗盛的，我實在很佩服他怎麼有辦法把女人的心思寫得那樣細膩傳神，這也是為什麼每次帶女朋友去KTV的時候，我必點他寫的歌來唱的原因。

每次深情款款的唱完之後，再以極專注的眼神佐以極磁性的嗓音，對著身邊的女生說：我都懂的。那效果簡直連我自己都要泫然欲泣了。

尤其是很久很久以前有首歌叫做〈問〉，那根本不只是問進了女人的心裡，更可以說是我的拿手好戲，因為一來這歌詞寫得令女生心有戚戚焉，二來旋律極為動人，三來這樣她們就會誤以為我是個懷舊的好男人。

有一度我甚至認為這首歌其實不是為女人寫的，而是為我這種男人而寫的。

所以我現在就真的搞不懂了，為什麼我聽了這首〈手〉，會開始覺得心底微波盪漾著，莫非這就是我開始轉性變得專情的前兆？

不妙！真的不妙，如果要真專情就算了，但專情於一個追不到的女生，那豈不浪費這專情了？

我說過，愛情資源也要使在刀口上。

所以事不宜遲，我得趕在自己頭殼壞去變得專情前，快馬加鞭追到舒寧，於是我決定馬上打電話給舒寧。

電話接通、當舒寧的聲音傳到我的耳朵時，我又是一陣緊張。

不知道為什麼，每次和舒寧講電話的時候，我總是緊張兮兮的，大概是因為無法看到舒寧當下的表情吧！雖然有人說聲音是可以透露一個人的心情，但不知道是我太遲鈍了還是怎麼著，我總覺得電話裡舒寧的聲音總是冰冷冷的，不帶一絲情感的。

真是名副其實的冰山美人。

因為我天生怕冷，所以我喜歡直接面對舒寧，起碼還有機會瞥見那難得的陽光。

又物以稀為貴，所以舒寧的笑容在我的心中極為珍貴。

「嗯，是我，昱誠。」

『我知道是你呀。』

「真的？」

『我沒事跟你客套幹嘛。』

這倒是，舒寧怎麼看也不像是那種會客套的女生。

「妳現在方便講話嗎？」

『嗯，沒想到你這麼快就打來了。』

因為我想妳呀！

要是在平時我就會順水推舟的來上個這麼一句，但當對象是舒寧時我可不敢，怕無端端被安上甜言蜜語油腔滑調的罪名，但問題是，我真的想她呀。

「因為我很想快點聽到妳的聲音。」

我只好折衷的說。

『那我該說什麼話呢？』

妳問我？妳問我的話、我當然是想聽妳說『請趕快追我吧』或是『我好愛你哦』這一類的呀！

要對象是別的女生我就會這麼白爛，可能還會被笑著說：你死相。

「呵呵。」

我只得傻笑以對，但舒寧卻沉默下來，我開始又有一種她好像就要掛了電話的錯覺，於是我說：

「可以再約妳吃飯嗎？」

『可是我今天已經說不可以了耶。』

哈！想用這招來打發我？我要這麼容易打發，我徐某人哪對得起前二十五個女朋友的期望？

「那可以約妳去看流星雨嗎？」

『流星雨？』

「嗯，後天聽說是獅子座流星雨的高峰哦。」

『是哦。』

心動了吧？那我就再使些力道：

「而且錯過這一次，又要再等九十七年囉。」

『那我們一起看吧。』

「真的？」

『嗯，你在你家陽台看，我在我家陽台看。』

圈圈叉叉咧！那她等一下是不是要說：那我們一起睡覺吧！你睡你的床我睡我的床，以此類推的話，我們乾脆還一起洗澡算了咧。

就這樣放棄嗎？對不起，我徐某人的字典裡恰恰跟拿破崙用的是同家出版的，也就是我的字典裡也沒有「放棄」這兩個字。

要比白爛，我有把握，舒寧是怎麼也白爛不過我的。

所以我改變策略，再次來個單刀直入：

「但我想有妳在身邊，我們一起看。」

『問你一個問題。』

「請問。」

『你這是在追我嗎？』

我開始覺得舒寧真是個幽默的女生，這還用問嗎？難不成我是在向她請教法律常識嗎？還是先和她認識起來、以後有機會好替我打離婚官司？

「對呀！」

『算了吧，我不會再傻第二次的。』

「給我一次機會，也給妳自己一次機會好不好？」

『不好。』

「我不管，後天晚上六點，我在妳家樓下等妳。」

『沒用的。』

「我等妳，等到為止。」

然後我掛了電話，第一次發現自己原來也滿帶種的。

我本來以為舒寧會回撥電話過來，說：『憑什麼你掛我電話！』然後掛我電話，因為我遇過很多這樣的女生。

但舒寧沒有，我的手機一直沉默到晚上有哥兒們打來找我喝酒，然後我才終於能把視線稍稍移開那該死的手機。

在和那狐群狗黨喝著剛上市的薄酒萊同時，我開始對於這段感情感到擔心。

因為擔心，所以我更放不下心，希望這段感情只需要我擔心，而不會只有我的單心。

我慘了，我知道，因為我開始患得患失了。

第五章

兩天後，我開著老爸的車忐忑不安的來到舒寧的家樓下守候，因為老爸的車比較大，所以如果我必須等上一整夜的話，這樣睡起來也舒服些，而我設想之周到，甚至還放了一條毛毯在車上，以防一夜醒來之後還著了涼。

我就不信舒寧的狠心會勝過我的鐵了心。

到了目的地，下車，撥電話，響六聲，舒寧接起，聲音還是冷冷的。

「我來了。」

我抬頭望著舒寧從二樓陽台探出一顆小腦袋。

『回去吧。』

然後舒寧掛了電話。

好樣的，我掛她一次，她掛我一次，我們算是扯平了。

再撥一次，舒寧已經關機了，我真怕舒寧不只是狠了心，而且還吃了秤砣鐵了心。

我開始擔心我會冷死在這裡。

過了半個鐘頭，我比較不感覺到冷了，因為我已經凍僵了。

把毛毯拿出來裹著吧！我對自己說，但是我走不動，不是因為身體僵硬了，而是我怕一個轉身就錯過了舒寧再探出頭的機會。

舒寧呀舒寧！我這次真的栽在妳手上了！妳還是打算冷眼旁觀嗎？

當我打了第三十六個哆嗦的時候，手機響起，本來還以為是哪個不識好歹的哥兒們要找我去喝酒。

沒想到是舒寧。

於是我連忙抬頭望著她的窗戶，我看見她嘆了口氣，說：

『你先進車裡等吧，我待會就下去。』

「好。」

半個鐘頭後，舒寧出現在我的面前，而我還是呆在原地不動；不進去車裡的原因是我一直望著舒寧的窗戶，原本以為能看見類似某個胸罩廣告的女生那樣，窗戶上會出現舒寧更衣挑逗的身影，但顯然不是我廣告看太多了，就是我想太多了。

『怎麼不進車裡等呢？』

舒寧伸出手摸我的臉頰，我開始慶幸我已經凍僵了，不然舒寧就會看到我在臉紅。

開車。我不知道該去哪？吃東西吧！我問舒寧。但舒寧沉默。

我一直認為沉默在溝通裡是一項最高明的武器，很多時候我寧願女生罵我是豬頭，或說我混帳，這樣至少我還能以死皮賴臉佐以甜言蜜語，通常就能扳回一城、攻下城池；但一旦對方選擇沉默，徹底的沉默，我就真的只能繳械投降了。

舒寧呀舒寧！我真的被妳吃定了，不知道我在妳的口中咀嚼的滋味如何？

『我真的覺得很生氣。』

「咦？」

『我氣我在車站不該認出你來，氣我在同學會不該送你，氣我不該答應和你吃飯，更生氣我現在又跟你在一起！』

「為什麼？」

『你真的認為小孩子談戀愛就沒有真心嗎？只是好奇好玩嗎？』

「對不起。」

我轉頭心疼又心虛的向舒寧道歉，但一個不注意，舒寧握著方向盤上我的手大喊：小心！

於是我緊急踩煞車，待回過神時，才發現原來前方有隻流浪狗也嚇了一跳的豎在車前，牠老大不高興的朝我們狂吠兩聲，然後才甩著尾巴大搖大擺的跑掉。

還好，還好只是流浪狗而不是流氓，否則我可能不只是被吠兩聲而已，而是被敲車窗，最後被要求單挑什麼的。

「還好。」

我心有猶悸的轉頭看舒寧，沒想到卻看到舒寧怔怔的掉眼淚。

這不是我第一次看見女人的淚，卻是我第一次無法反應過來。

好美。這反應真的很變態，我知道。但淌著淚的舒寧真的好美。

如果說舒寧的笑像是北極難得一見的陽光，那舒寧的淚就像是千年冰山裡難得融化的雪水。

問我哪個珍貴？我會說兩個都珍貴。

「對不起。」

我手足無措，只能吐得出這三個字。

「你知道女人很難忘記初吻的對象嗎？」

舒寧還是流著淚，但她的眼淚卻是靜默無聲的，沒有啜泣，沒有哽咽，只有眼淚滴落的聲音。

『你真的……很混帳。』

太好了！舒寧終於說出一句我能接招的話來，這也是我最擅長的回答。

「那……妳可以親我一下，我們就算扯平了好不好？」

『你去死。』

「如果能夠再吻妳一次，小的死而足矣。」

舒寧笑了，我終於鬆了一口氣，真好，原來我還是比較喜歡笑著的舒寧。

但沒想到舒寧就傾身吻我，我彷彿觸電一般，整個人呆若木雞；沒想到我這副蠢樣倒是停住了舒寧的眼淚，她的嘴角微微上揚，說：

『其實我最生氣的是，我發現自己對你還有感覺。』

「那不是很好嗎？我是非常強烈的喜歡著妳的。」

『不好。』

「為什麼？」

『因為我害怕呀，我怕往事又重演怎麼辦！我真的沒有辦法相信你。』

「我該怎麼做妳才相信我？」

『我不知道。』

「那我以身相許？」

『神經病。』

舒寧笑得更開了，看來我的白爛還是多少有些作用的。

接著我們達成共識，在麥當勞的得來速買了晚餐之後，就驅車前往山上等待流星雨去。

一開始我們是因為怕冷所以只躲在車內吃麥當勞喝玉米湯，但等到周圍響起陣陣的尖叫聲之後，我們也顧不得冷就往車頂上坐去。

『好冷哦。』

舒寧打著冷顫，吸了吸鼻子，說。

「我有毛毯。」

『咦？』

「本來打算在妳家樓下等一整夜的話，可以拿來蓋著睡覺的。」

舒寧沒有說什麼，僅是淡淡的笑著。

然後我們肩靠著肩，同蓋一條毛毯，坐在車頂上隨著流星的劃過與眾人一同尖叫歡呼。

不知道這算不算百年求得共毯度的另一種解讀？

不過其實我本人是比較傾向於舒寧能躲在我的懷裡，這樣我就可以完全的抱住她，然後在她的頸間用我的吻鬧她，但想想，此時能有她在身旁就已經夠慶幸了，於是我也不敢多要求什麼了。

『嘿！你要許什麼願？』

「我想要和妳一起到老。」

又劃過一顆流星，舒寧閉上眼睛神情專注的許願。

我不知道她許什麼願，不知道有沒有聽到我剛說的話，不知道她是不是和我同一個願望。

第三次約會，我們還是去那家小小的餐廳吃義大利麵，這次我多點了一瓶薄酒萊，因為今年的薄酒萊的水準還算不錯。

舒寧起初很擔心的看著我，我猜她大概是想起了上次同學會我的酒後失態吧。

『你不會又喝醉酒吧。』

「放心，薄酒萊也者，界於葡萄汁與葡萄酒中間者矣。」

『不放心，啤酒也者，界於小麥汁與酒精中間者矣。』

這女人，什麼不學，學我愛模仿古人講話，看來我想假藉酒後亂性以達到親密關係的計劃只好暫時打住；但，是延緩而非放棄。

不過看著舒寧愉快的吃著盤中的清炒蔬菜義大利麵，我忍不住想確定一件事情：

「妳吃素嗎？」

『嗯。』

為了減肥嗎？根據我透過厚重冬衣的大略粗估計與多年來對於女人身材的研究，應該是不至於需要這麼做吧。

「宗教信仰？」

『也不是，只是純粹不忍心我的食慾而犧牲了其他無辜的生命。』

聽到舒寧如此說道，我開始不知道該拿盤中的奶油海鮮義大利麵怎麼辦了。

『你要吃完哦。』

舒寧像是看穿了我的顧忌，像警告像叮嚀的說。

『不然就對不起被犧牲的生命了。』

「是，為了妳，我一定會吃得盤底皆空的。」

舒寧笑了笑，沒什麼特別的反應；看來甜言蜜語對她來說的確是起不了任何作用的。

「倒是你，為什麼抽菸呢？」

其實只要是會抽菸的人，十個有九個都會被這麼問過，而九個有八個大概也不知道自己究竟是為了什麼想抽菸，於是八個有七個通常會給一個很白爛的回答：像是無聊呀，寂寞囉，大家都抽呀，提神囉……這一類答了等於沒答的無意義回答。

因為我的舒寧不平凡，所以我決定給一個特別卻白爛的回答，特別是因為舒寧，白爛則是比較有我的個人風格，於是我說：

「其實我也想不起當初為什麼抽，久了就變成習慣了，但為了妳，我會戒掉它的。」

『也不用特地這麼做呀，其實我無所謂的，只要你跟我在一起的時候身上不要有菸味就好了。』

這樣就叫就好了哦？不管抽不抽菸的人大概都會知道，只要一碰過香菸，那菸味是不可能隨著捻熄了菸就從身上消失的；真的是狠角色一個，擺明了要我戒菸，又不想說穿要我為她戒。

夠狠也夠聰明！

看來我得吃口香糖或搽古龍水了。

但到底為什麼不乾脆戒了？第一，反正舒寧說她無所謂這個；第二，既然我稱之它為習慣，那就代表我視它為生活的一部份。

而生活的一部份這個東西，是沒有這麼好戒的。

起碼不是說一句：『好吧！那我就戒囉！』然後就能真正戒了的。

戒菸對我來說，比戒了花心還要艱難。

因為如果戒了花心能讓我得到舒寧的感情，那叫值得；但戒了菸，能讓我得到什麼呢？

『我有一個問題，一直很想向你確定正確的答案耶。』

「請問吧，反正我會視情況保留回答的權利。」

『無所謂，反正我知道正確的答案，只是想聽你親口說而已。』

「快請問吧。」

再不問的話，我心底都快毛起來了。

『為什麼你當年會因為那個女生背叛我呢？我真的想不透呀！她……你知道，不是那種……欸，我不好意思說。』

不好意思說，好，那我替妳說。

不是那種漂亮型的出色女生對不對？起碼不是那種走在路上會讓男生想再看第二眼的女生，或者說是沒有舒寧的漂亮出色。

而且坦白說，她還有點胖，是那種典型胸大臀大型的身材，這種女生帶給男生通常不是視覺上的享受，而是荷爾蒙的刺激。

低級？沒辦法，誰教我是個再正常不過的男人。

「也許是一時的鬼迷心竅吧。」

『你還是不肯承認真正的原因吧。』

怎麼承認？就算是我再白爛再厚臉皮，也不可能面不改色的說：因為她肯和我探索性的初體驗呀。

『輸給那樣子的女生，又是那種原因，我真的很不服氣你知道嗎？』

「不會再有第二次了。」

我當然知道舒寧為什麼不服氣，因為在當時的舒寧一直是我們的班花兼校花，每次若是談起舒寧，總是不脫聰明和好看這兩個字的。

好看而非漂亮？

和現在的舒寧比，當時的舒寧絕對只能算是好看。

那時候的舒寧戴副眼鏡，留學生頭，裙子規規矩矩的穿到膝蓋，在白襯衫裡還不嫌麻煩的多加件襯衣，這點令我們那群臭男生煩惱很久，因為每次都要很用力看，才能知道她穿什麼樣的內衣，當然成功的追到舒寧之後，我就開始警告他們眼睛給我放乾淨一點。

其實現在的舒寧和當時的舒寧差別並不大，只是拿掉了眼鏡留長了頭髮，在嫵媚中仍然保有清純的味道，因為是冬天，所以我還是沒有辦法看清楚現在的舒寧又是穿什麼樣的內衣。

不過舒寧的皮膚倒是和以前一樣白皙，身材不再像以前那樣乾扁，她豐腴了些卻仍然清瘦。

簡單的說，就好像松隆子那樣乾淨漂亮，令男人看了第二眼還會覺得不夠的那種美女；更深入一點的說法則是，會想把她的衣服扒掉再繼續一探究竟、然後還是不會覺得夠的那種程度。

我開始覺得好奇，不知道舒寧的腿還像不像我記憶中的那樣勻稱無瑕？

『幹嘛這樣看我呀？』

還好舒寧的聲音把我拉回了現實，否則接著我可能會繼續進行不當的想像了，到最後可能會礙於情勢所逼，必須去上個廁所也不一定。

「抱歉抱歉，妳太美了，我一時間突然看呆了。」

舒寧還是淡淡的笑，我發現我的讚美對她總是起不了什麼作用，或許是她聽慣了，或許是她當成這是我的甜言蜜語，但問題是，我是說真的呀！

「我是說真的。」

『看呆了的那件事？』

「不是，我說不會再有第二次的那件事。」

我本來以為舒寧會感動的送我一記熱吻，但她沒有，舒寧只是笑得更深了些，然後轉頭要侍者替她上提拉米蘇和卡布奇諾。

哎！

舒寧呀舒寧！究竟要多少的光與熱才能融化妳這座冰山呢？

妳知道我有多想一親妳的芳澤嗎？不是因為我身上的男性荷爾蒙作祟，而是因為我真正愛上妳了呀！

》第六章《

所以我決定邀舒寧去看電影。

但到底該看什麼好呢？我本人是比較偏好《性愛巴士》這部電影的，但問題是除非我不要命了才敢這麼做的，再說我的那群哥兒們也已經先說好了要大夥組團去看的，這樣才能增加我們每週三晚間男人聚會，Men's Talk的話題深度。

其實我一直覺得電影根本就是為了方便情人談戀愛而發明的，因為我非常熱衷於約會時去看電影。

如果說唱ＫＴＶ是我把到美媚的最佳利器，那電影則是我安全上壘的最佳工具。順利的話可以還可以擊出全壘打也不一定。

因為沒有一部電影可以難倒我徐某人的。

例如說看愛情文藝片時，我會趁著美眉感動時摟著她的肩，說些貼心的山盟海誓，當然那只是應景用的；恐怖片則會緊捉著她的小手假裝害怕，這樣就會造成我很脆弱的錯覺，而讓女生發揮她們光輝的母愛；喜劇片更是我的專長，因為我可以一邊看一邊講笑話逗美眉；戰爭片則是我的最愛，因為我可以打著愛好和平為幌子而看到睡著，這樣就可以故意靠在美眉香香的粉肩上，醒來時還不小心親到人家的脖子。

但到底該帶舒寧看什麼電影呢？乾脆向小妹討教討教吧。

『《偷穿高跟鞋》不錯，不過已經上映一陣子了。』

「真的哦？演什麼？」

『演什麼不重要，重要的是它演出了姐妹間的矛盾情感。』

「可是妳只有我這個哥哥，怎麼會想看什麼姐妹間的矛盾情感啊？」

『就是因為我沒有姐妹，所以才更想看看所謂姐妹間的矛盾情感是怎麼一回事啊。』

「哦。」

『而且卡麥蓉迪亞在裡面有比基尼Look哦。』

這個好！

這個簡直太好了！

哈！

於是和小妹聊完天，順利也刺探到小強的攻擊情勢後，我轉而打電話約舒寧看電影。

『可是我很少上電影院了耶。』

「為什麼?」

『在家看DVD不是更方便?』

「說的是,那我租片子妳來我家看好了。」

『你想得美。』

「那我委屈一點去妳家看好了。」

『夠了哦。』

「呵呵,開玩笑的啦!那部電影是我小妹深情推薦的耶!不看可惜哦。」

『真的嗎?演什麼?』

『演什麼不重要,重要的是它演出了姐妹間的矛盾情感。』我說,然後在心底悄悄的補上這一句:『而且卡麥蓉迪亞在裡面有比基尼Look哦。』

哈!

於是舒寧終於答應和我去看電影。

原來小說家的話這麼管用,看來我是有必要多和小妹聊聊天說說話的,可能還需要做筆記劃紅線作重點什麼的也不一定。

所以我和舒寧約好去她家載她。

很怪，舒寧總是讓我在她家樓下等，從來也沒有打算請我進去稍坐片刻的意思，而且我也沒看過除了她之外的其他人進出過那扇大門。

不過這樣也好，因為我也習慣了在老地方等她，所謂的老地方就是可以遙望舒寧房間那扇窗的位置，每次我望著那扇窗，總是會想像窗內的舒寧會是什麼表情什麼心情？有沒有像我一樣期待對方的出現？

其實我本來是沒有耐心約會等女生的，但是不知道為什麼，我好像越來越熱衷於等待舒寧了。

因為每次我總期待舒寧會穿著裙子出現，因為我實在很想念她的那雙美腿，只可惜我每次都期待落空。

越是落空，我就越是期待。

「妳好像不愛穿裙子哦？」

在開車的同時，我忍不住想問舒寧。

『因為天氣冷呀。』

「真可惜，妳腿很美的。」

『你想看呀？』

「欸，很想很想的那種程度。」

『那下次你穿短褲來，我就穿裙子給你看。』

哇哩咧！這是在提醒我下次約她去游泳嗎？嗯……仔細想想，這倒是個不錯的提議。

嘿嘿！

到了電影院之後，我很快的買了票和爆米花及可樂進場。

不知道是電影太好看了，還是我真的轉性了，這是我有生以來第一次和女生看電影時這樣中規中矩的端坐不動。

連廁所都不敢去上。

雖然舒寧是以一種極放鬆的姿態坐著看電影的，但我的手腳就是怎麼也不敢越雷池一步。

原來我看電影的不良習慣與對隔壁女生的用心程度是成正比的。

舒寧從頭到尾都看得很用心，幾乎沒有和我交談過一句話，而全場隨著劇情走到溫馨橋段時，她也只是微微的揚起嘴角，徹頭徹尾沒有發出任何聲音。

仔細回想，除了聽見舒寧說話之後，我好像也沒再聽過舒寧其他的聲音了。

電影結束，燈光打亮，散場進場。

從離開座位到走出電影院，舒寧一直低垂著長睫毛沒有說話的打算，我看不見她的眼神，但我看見她沒有任何的表情。

「我去一下廁所。」

當我從廁所回到售票口時，遠遠的看見舒寧低頭等待的身影，那一瞬間，我突然回想起第一次約會時令她等待的情景，但那時的舒寧是動態，而此時的舒寧卻是靜態的。佇立不動的舒寧和前方排隊買票的熱鬧人潮形成極大的對比。不知道這是不是她即使在人群中也顯得搶眼的原因？

「很多人耶！要不要再看一場電影？」

『不要了，眼睛好痠。』

「那……吃飯？」

『不餓。』

「咖啡？」

舒寧點頭，於是我們走路去喝咖啡。過紅綠燈時，我小心翼翼的牽著舒寧的手過馬路，而她也沒有拒絕的意思，於是我便一直牽著。

和舒寧牽手走路的感覺如此美好，只可惜舒寧此時的心情好像不太好。

「心情不好？」

『嗯，好像。』

「怎麼了？」

『可能是因為剛才的劇情吧，還在我身體裡面跑的感覺。』

「怎麼說？」

『你覺得這電影最難忘的一幕是什麼？』

當然嘛是女主角穿比基尼的那個橋段囉！但無論如何我是不會誠實回答的。哈！

「妳先說。」

結果舒寧沒有說，她把本來都已經說到了嘴邊的話又收回，然後輕聲的喚了我的名字，接著吻住我，在街上，人潮穿梭，我們擁吻。

好像電影畫面一樣。

這算不算親密關係的建立？和心愛的女孩在人潮洶湧的街道上接吻？當然不算。

雖然得來不易而且珍貴難忘，但就是不算，因為我是男人。

於是我決定趁著緊接而來的聖誕夜再下一城。

其實自從高中畢業之後，每年的聖誕夜都會帶女朋友到同一個飯店吃聖誕大餐，接著進行後續動作，可惜的是每年帶來的女生都不是同一個；如果是以前我就會說這是可喜可賀，但自從遇見了舒寧，我改口說可惜。

希望往後的每一年都能帶舒寧來。

一想到這，我突然被自己的深情有點感動到，於是二話不說，我立刻打電話告訴舒寧這個好消息；可惜的是，舒寧顯得很為難的樣子，原來每年的平安夜，她都會和家人待在一起的。

「妳是基督徒呀？」

『不是耶，只是我妹妹那天會在。』

「哦……可這是我們的第一個聖誕節耶。」

『這倒是……』

太好了！舒寧心動了。

「那你們吃完聖誕晚餐之後，我們再去吃聖誕宵夜吧。」

『神經病。』

「可是我真的不想錯過第一個有妳在身邊的聖誕節呀。」

『可是……。』

「那我在樓下的車裡陪妳好了，精神與妳同在也好。」

『好吧，我和他們說看看好了。』

哈哈！我贏了！

於是今年的聖誕節，我如願的能和舒寧共享聖誕晚餐。

更如我所願的是，這天舒寧穿著裙子出現，然後應景的搭了件紅色長大衣，雖然她穿了長靴，但仍然可以隱約地看出她姣好的身材和腿部曲線。

我本來想給舒寧一個熱吻的，但她躲開，笑著說：在家門口不行。

「那為了承諾我們的約定，我只好待會脫下我的長褲，露出內褲來給妳看了。」

『好呀，不如就在餐廳裡當眾脫吧。』

算妳狠。

既然車子已經駛離了巷口，於是在等待紅燈的同時，我轉身在舒寧的臉頰上輕輕一吻，舒寧淡淡的笑著，然後把她的手放在我排檔桿的手上。

這原來可以是一頓再浪漫不過的燭光晚餐，如果不是也遇見小強帶著小妹來用餐的話。

「吭？你們也來？堂堂窮學生竟然膽敢如此奢靡浪費，小妹，快快醒悟趁早分手吧。」

『哥，你別發神經了，這位就是你宣稱我的未來大嫂嗎？』

舒寧楞了一下，而我則是臉紅到脖子根了，這女人！不把我糗死她不高興是不是？

「小強，快把我妹帶離我的視線，免得惹出人命來。」

雖然我嘴裡這麼說，但其實我的視線是一直盯著那隻蟑螂，要給我逮到他敢踰矩的話，我就——

『你好像很保護你小妹哦。』

舒寧笑得很燦爛，我想她大概是很高興看到我拿小妹沒辦法吧。

「這也是沒辦法的事，因為那女人智商不高，不看緊她一點不行的。」

舒寧笑得更開心了，這是我第一次聽見她笑出聲來。

真不知道該不該說是託小妹的福。

好不容易晚餐快結束了，卻看到小妹笑嘻嘻的朝我們走來，這娘兒們，她笑得越高興，我心底就越發毛。

『妳好呀！美美的大嫂。』

「人家叫舒寧啦。」

『誰教你剛不介紹，沒禮貌。』

「幹嘛啦！」

『好事情哦。』

然後小妹亮出一張卡片鑰匙，說：

『我們本來訂了房間的，沒想到剛才發現我突然來月經了。』

「什麼！」

我簡直快掀桌子了！這死蟑螂居然痴心妄想動我小妹的念頭！我不把他分屍了我就不姓徐——

『所以囉，看你們要不要。』

「咦？」

『哥，你很現實耶！臉上表情變化那麼快，舒寧妳要替我管管這傢伙哦。』

「好呀。」

『Merry X'mas。』

然後小妹留下那張卡片，就一溜煙的跑掉了。

「怎麼辦？」

舒寧聳聳肩，把問題丟回來給我。

「那……咳，不然去看一下長什麼樣子也好。」

真糗！我本來是想說：那既然天時地利人和的話就別浪費了吧。

於是我們找到那個房間號碼，開門，環顧四周，並肩坐在床上。

雖然這本來就在我的計劃之中，甚至可以說是比預期的更為順利，但是很反常的，我居然不知所措，要是以前，我早——

『其實我只有過一次經驗。』

「咦？」

舒寧低頭伸長了她的雙腿，好像在檢查什麼似的看了很久，然後才繼續說道：

『好像是大三那年吧，地點我甚至有點忘記了，跟當時交往了四年的男朋友，兩個人都是第一次。』

「聽說第一次的感覺都不太好哦。」

『嗯，的確是不太愉快，所以不久後我們就分手了。』

「那？」

舒寧的眼神直直的望著我，那是一抹很溫柔的神情，我開始懷疑剛才真的沒喝酒嗎？因為我好像醉在那眼神裡了。

後來，舒寧的手覆在我的左手上，她用食指輕輕的來回畫圈，然後將我的手帶到她的唇輕吻著；其實我們的身體此刻都還是熱著的，但我卻感覺有一滴冰涼的水珠落在我的食指上。

「怎麼哭了？」

『總覺得心情很亂。』

「不放心？」

『有點。』

「其實妳應該放心的，因為總算可以相信我了呀。」

『為什麼？』

「我們不是說好了，如果我以身相許的話，那妳就可以相信我了不是？」

『誰跟你說好了。』

舒寧笑著輕咬我的食指，然後嗅了嗅，又說：

『嗯，菸味總算淡了些。』

舒寧不說還好，一說我就想抽菸。

其實我的心情才亂，因為我很不習慣這樣。

以前我總是辦完事就翻過身呼呼大睡；如果遇到比較小鳥依人型的女生，那我就會說三兩句貼心話，然後翻過身呼呼大睡；有時候也會和女朋友來個火辣的鴛鴦浴，接著再續戰火，然後還是呼呼大睡。

但是不知道為什麼，我現在完全沒有想閉眼睛睡覺的慾望。

「實不相瞞，我好想抽根菸。」

我本來以為舒寧會說不准，或是要我去走廊抽的，但沒想到她竟說好呀，而且還答應讓我在床上抽。

於是我起身，找菸，點火，抽菸。

而舒寧側著小臉蛋看著我，突然想到什麼的，問：

『一根菸的時間有多久呀？』

「嗯……我沒想過這個問題耶。」

『給我抽一口試試看好不好？』

「可以嗎？」

舒寧很認真的點頭，然後接過菸，淺淺的抽了一口，沒有經過喉嚨便吐了出煙霧來，所以她沒有被嗆到，所以舒寧擺出一副不過如此的表情。

「妳不會上癮吧？」

我還是很擔心舒寧會被我帶壞抽菸，因為這東西畢竟不適合她。

『才不會咧。』

「不過呀，不可以抽別人的最後一根菸哦。」

『為什麼？』

「因為那代表絕交的意思呀。」

『三分鐘。』

「嗯？」

『你抽這根菸的時間是三分鐘。』

「但我對妳的愛情有一輩子那麼長。」

『你知道一輩子有多長嗎？』

「很長也很短，但我決定了要用一輩子的時間來愛妳。」

『你真的可以嗎？』

「可以的，而且我要對妳好一輩子。」

『那我不就要跟你一起到老了？』

「那當然，因為我要我們在一起呀。」

借首歌名來用用應該是無傷大雅的，本來我是想用〈愛你一萬年〉的，但我們不可能活得了一萬年，而且說了可能也只會被舒寧吐槽。

但舒寧不再有反應，不再有疑問，不再說：你真的可以嗎？

舒寧是我的。這種感覺令我有種驕傲的幸福感。

『說真的，這是不是你算計好的呢？』

「什麼？」

『今天的事呀。』

「坦白說我是很想和妳上床沒錯，但我沒想到會殺出那兩個程咬金，害我晚餐吃得怪不安心的。」

『你真的很不安好心眼耶。』

「不好嗎？」

『很多男人一旦進入這種關係之後，不是開始對於愛情漫不經心，就是每次約會只是為了做愛。』

「對妳的話，我應該會是後者吧，哈！」

舒寧仰起臉望著我，說：

『你真的很壞心眼耶。』

「這叫誠實。」
『最好是啦。』
「妳不喜歡嗎?我很喜歡耶,喜歡抱著妳的感覺,喜歡和妳一直說話,這是我第一次有這種感覺耶,我從來沒有這樣過。」
『但喜歡不是愛呀。』

咦?舒寧是在暗示我要說那三個字嗎?
『喜歡是憑感覺,但愛是要承諾的。』
承諾?對我個人而言,承諾是僅次於不舉,都是令人害怕而想要退避三舍的東西。
「但我們說好了要一起到老,這不算承諾嗎?」
『這是甜言蜜語。』
「這是以甜言蜜語的形態來傳達承諾的意思。」
「你就是那種害怕承諾的男人吧。」
我一楞,沒想到竟會在無意間讓舒寧窺見了我心底不願承認的祕密。
「那,我愛妳。」
恍惚間,我以為我對舒寧說出了口,但我不能確定我到底真正說了沒?可以確定的是，舒寧一定沒聽見，因為她伏在我的身上安安穩穩的睡著了。

我一直呆望著舒寧熟睡的臉孔不敢動，舒寧的睡顏彷彿天使，這是我第一次有幸看見熟睡的舒寧。

於是我一直不敢睡，也睡不著。

我想我大概一輩子也忘不了這一天吧！因為有太多的第一次發生在今天。

而且這一天有舒寧在我身邊。

》第七章《

雖然我成功的贏得了舒寧的聖誕夜，但這並不代表我就不會極力爭取她的新年假期，因為在愛情裡，我是無論如何也不會手軟的。

明白一點的說法是，我又重施故技，以厚臉皮的苦肉計，成功的說服舒寧和我一起旅遊來度過這三天的假期，再一次成功的把舒寧從她的家人身邊搶走。

我本人是比較傾向於找個溫暖的南洋小島度假的，我一直很渴望能和舒寧徜徉於擁有溫暖陽光的碧海藍天裡，而且，我實在受夠了這種冷颼颼的鬼天氣了。

但舒寧說她討厭坐飛機，於是只好作罷。

我們找了一個有露天私人溫泉的旅館共度我們第一次的旅行。

半夜三更，我們一起泡在溫泉池裡，抬頭還看得見天上的星星閃呀閃的，只可惜月亮不知道跑到哪裡去了，我想它大概是化身為天使，而此刻正在身邊陪伴我吧。

『這是你第幾次和女朋友出來旅行呀？』

「第一次呀。」

『真的?』

舒寧一臉的不可思議，真是沒禮貌，我只是說慣了甜言蜜語，可不就代表我常說謊呀！

不過看在我那麼愛她的份上，於是便決定不再追究吧。

「因為我一直覺得和女人旅行很麻煩呀。」

『那你怎麼想和我出來?我不麻煩嗎?』

「那是因為妳特別。」

我以為這樣說就可以得到舒寧的香吻的，但可能天上只有星星而沒有流星，於是我這個小小的願望還是落空了。

『其實聽到你這麼說我很高興，而且還有點小虛榮哦，可是呀……』

我開始緊張了，我向來最怕這種說了一半就打住的話，尤其是話的末了還來個可是這兩個字。

『可是這樣對別的女生很不公平不是嗎?』

「怎麼會呢?這是我的肺腑之言呀!我是真的認為妳特別的。」

『但每個女孩都是特別的，不能因為你不愛她們就不尊重她們呀，女生很可愛的不是嗎？所以呀，要好好的對待每個女生哦。』

「是，小的知道了。」

於是舒寧很滿意的賞給我一個吻，然後我抬頭看著夜空，確定還是沒有流星劃過，所以我開始認為流星顯然是多餘的存在。

「那我發誓我徐某人從此刻開始會尊敬世界上每一位女性同胞的，除了我家小妹之外。」

『少耍嘴皮子了，你明明很寵她的。』

「我是拿她沒辦法，大家都被她的外表騙了，其實那女人個性簡直差得不得了。」

『我很喜歡這句話哦。』

「個性差得不得了？」

『拿她沒辦法，聽起來有種溺愛的味道。」

這樣嗎？我有溺愛小妹嗎？我只是個性沒她差而已，哈！在背後說小妹壞話的感覺真爽。

『我也有個妹妹哦。』

「嗯，妳提過。」

『但是我沒有辦法像你那麼寵妹妹，相反的，我總是對她很兇耶。』

「為什麼？妳討厭她？」

『也不是，只是總覺得她真的有點笨，老覺得她怎麼也長不大，於是不知不覺的就常常兇起她來。』

「但妳是為她好吧？」

『這的確是一個漂亮的藉口哦。』

舒寧淡淡的笑著，但是那笑容裡卻彷彿若有所失的。

『其實我是嫉妒她。』

什麼？這世界上還有連舒寧都要嫉妒的女生？我不信。

「為什麼？」

『不過也不是什麼大不了的事情就是了，都只是些羨慕她沒有近視呀，總是很快樂呀，這方面的小事情。』

「但妳也——」

『其實我是嫉妒她不用保護自己。』

「咦？」

『嗯，因為她被保護慣了，這種人真的很傷腦筋耶，總是很輕易的就能得到別人的保護，不像我，總是需要很小心翼翼的保護自己，有時候想想，都覺得真是好累哦。』

「那妳不用羨慕她呀。」

『嗯？』

「妳有我保護呀。」

『你怎麼保護我？』

「我會千方百計的不讓妳受傷。」

『像是保護你小妹那樣？』

「那我辦不到，因為我無法忍受別的男人碰她。」

『為什麼？』

「這我也說不上來，大概就像我無法忍受自己不碰妳那樣吧。」

舒寧笑著潑了我一臉的溫泉水，我抹了抹臉，然後靠向她，輕咬著她的耳朵。

然後舒寧沉默了一會，其實應該說是很久，因為我們聊天時很少會像這樣話題突然中斷的；我以為我們是無話不談的，所以我感到非常的不安，不知道舒寧是想到了什麼而不想告訴我嗎？

『我第一次能這樣，有一個人，能讓我想說什麼就放心的說，也不用怕害羞或是表錯意什麼的。』
「我？」
『嗯，其實你知道嗎？我一直不是一個能放開心去相信別人的女生哦。』
「那妳現在放心的相信我了嗎？」
『你還沒聽到我說請進嗎？』
「咦？」
『我把我心底的那扇門打開了，然後怯生生的問你：請進來好嗎？因為門的鑰匙在你身上呀。』
我突然覺得有點小感動，而且眼眶還有點濕潤，也就是我被感動到有點想掉眼淚的意思，但我不能哭，因為老祖宗有交代，男兒有淚不輕彈。
於是我吸了一口氣，整個人潛進去溫泉池底，湊向舒寧，突然抱著她起身。
舒寧是一陣驚呼然後掙扎，最後安心的用雙手環在我的頸後。
「鑰匙想回家找主人了。」
『色鬼。』
然後舒寧給我一記深長的熱吻。
我抱著舒寧安安穩穩的走回房間裡，然後一夜溫存。

原來我的臂力還不錯。

在回程的路上，舒寧疲憊的在車上沉沉的睡著，儘管我們都是幾近凌晨才睡的，但隔天還是會特意早起，因為舒寧說清晨時分是一天中最美的時刻，而我則是不願意錯過飯店精緻的早餐。

問題是怎麼現在的我完全不累嗎？依照人體工學與自然法則來說，我應該是累掛了的才對，但不知道為什麼，只要有舒寧在我的身邊，我就會感覺到莫名其妙的亢奮。

如果要打個比方來說的話，那大概只能解釋因為舒寧是我的毒藥，令我上癮並且自願沉溺吧。

下了交流道之後，我把車子停在路邊，喚醒舒寧，問她要不要先吃些什麼再回家？因為我們吃完早餐就上路了，而現在已經是下午茶的時間了。

其實真正的原因是，我不想那麼快把舒寧送回家，總是千方百計的想多留她一會。

『好呀。』

舒寧揉揉眼睛，說。下車，我們走進一家咖啡館。

不知道是累了還是想睡，舒寧始終是安安靜靜的吃著鬆餅而沒有想要說話的感覺，但看她的神情卻又彷彿若有所思的。

「想什麼？」

『一些事情。』

「說出來呀，我幫妳一起想。」

『想好了再告訴你。』

「我要亮出那把鑰匙嗎？」

舒寧淡淡的笑著。

我現在大概可以分辨出舒寧的笑容有哪些，還有那背後所代表的心情。

『但我怕說出來會嚇到你。』

「該不會是妳有了吧？」

我半開玩笑的問，雖然我有九成把握應該是不至於發生這種事情，但我實在也想不出來還有什麼能嚇得了我徐某人的。

『我在想你會不會願意過年來我家拜個年呢？』

「當然願意呀，為什麼要想這麼久？」

『因為冤有頭債有主，我想讓他們了解一下，到底是哪個傢伙搶了我待在家裡的時間呀。』

「不可以學我耍白爛轉移話題哦，為什麼妳覺得這麼說會嚇到我？」

『因為你是個害怕承諾的男人呀，我怕你會覺得這是某種形式上的承諾呀。』

「怎麼會。」

怎麼會現在我居然沒有任何抗拒的念頭，反而覺得很期待呢？

要換作是以前我早搬出兩百個藉口拒絕了。

從前我老怕遇到某種類型的女生，就是上過床後接著問我要不要替我多買支牙刷？然後是睡衣，最後她們會說乾脆搬過去住吧。

我當然不會輕易的落入陷阱的，因為緊接著就是被問什麼時候結婚了。

所以我通常都是在對方開始物色牙刷的同時，我也開始物色新的對象。

這就是為什麼我的戀情總是不長久的原因。

那現在為什麼我居然想的不是拒絕的藉口，而是想在電話裡和我過招多年的老頭長相如何？

這還用說，當然是因為我愛舒寧，而且我也想安定下來了。

為什麼是舒寧？因為我早被她吃定了；換個她喜歡的說法就是，我拿她沒辦法呀。

『那初二好嗎？』

「是可以呀，但妳們不用陪媽媽回娘家嗎？」

舒寧的眼神頓時黯淡了下來，說：

『我爸媽離婚了。』

「對不起。」

『沒關係的。』

「想說嗎？」

『不想。』

「可我有鑰匙耶。」

『在我高中的時候，媽媽有了外遇，那男的鬧到家裡來，鬧得很大，所以離婚後，爸爸帶著我們搬家，我們變得連和親戚都不怎麼聯絡了，雖然事情都過去了，可還是會覺得很難堪，就算他們刻意避免不去提起，但就是感覺得到。』

「所以妳希望我那天去？」

『嗯，因為那天我們家的氣氛總是怪怪的，所以我想，如果你能來的話那就太好了。』

「怎麼說？」

『因為你是一個會帶來快樂的人呀。』

我握著舒寧的手，突然覺得有點心疼。

「會不會想媽媽？」

『不會，因為我恨她。』

「但愛恨是一體兩面的呀。」

『嗯，我知道，所以那時候我也恨你。』

「咦？」

『你讓我不相信愛情，媽媽讓我不相信婚姻。』

「對不起。」

『嗯。』

「但妳要記得哦。」

「什麼？」

『我說過的話呀！我說不會再有第二次，還有我發誓要保護妳呀，我們要一起到老呀這些的。』

「我都知道的。」

舒寧都知道的。

聽到舒寧這麼說，我剛剛一顆懸著的心才能又放回原處去。

如果說舒寧心底的那把鑰匙在我的身上，那我的心就是整顆懸在舒寧身上。

回家之後，我本來是很想好好睡上一覺，但沒想到小妹居然會待在家裡，於是我便下意識的跑去她的房間找她聊天。

聊什麼呢?其實和舒寧交往之後，我幾乎都是拉著小妹聊關於舒寧的事，我們之間發生過的點點滴滴，我都會很仔細的告訴小妹；仔細回想，我好像是怕會忘記似的，所以想要說給小妹聽，想多個人能幫我記住也好。

但我知道這是多此一舉，因為我知道我是不可能會忘記的。

當然需要馬賽克的畫面，我都會自動跳過的，因為那是我和舒寧的祕密，是連小妹都不能分享的。

再說，我也是怕她會引發不當聯想，然後找那隻蟑螂如法炮製一番。

想到那隻蟑螂，我就一肚子氣。

『所以囉，你就要更用心的對待人家呀。』

「這我當然知道。」

『不過我覺得那句話很好聽耶。』

「我拿她沒辦法？」

『不是，是舒寧說她把心底的那扇門打開了，然後怯生生的問你：請進來好嗎？』

「哦。」

我有點不好意思，怎麼同樣的話讓舒寧說來會令我心底暖暖的，但從小妹的嘴裡說出來，我就覺得十分彆扭？

大概是因為平常聽慣了這女人命令恐嚇要脅兄長的口吻所致吧。

『我可以把那句話寫進書裡嗎？』

「可以呀，不過寫在蟑螂生存大全，恐怕不恰當吧？」

『在我還沒找到武器之前，你可以先逃命沒關係。』

哈哈！這才像我的小妹嘛！

離開小妹的房間之後，我終於能夠心甘情願的睡覺去了。

如果連夢裡都有舒寧出現的話該有多好。

可惜我這個人睡覺從來不做夢的。

幾天之後，我收到小妹說要借用舒寧的話，所寫的那篇小說其中的一個段落的伊媚兒

『終於　我敞開了心底的那扇門
怯生生的對你說　請進來好嗎？
我的聲音如此膽怯　於是你誤會那是客套
你禮貌的對我笑了笑　說：
謝謝妳的邀請　但我不能受困於任何地方　請保重
你說　然後轉身離開
你忘了說再見　也忘了留下鑰匙

於是那扇門打不開也鎖不上
叩叩叩　叩叩叩
陸陸續續來了幾支錯誤的鑰匙
但我無法出聲　無法回應
因為我困住了　只能等待一把正確的鑰匙
但那人卻忘了　忘了鑰匙在他身上
終於　我還是走不出那扇門』

拜讀完之後，我開始領悟到一個真理，那就是無論如何也不要成為小妹筆下的人物。

於是我迫不及待的打電話給小妹：

「喂！妳這樣彷彿是在唱衰我和舒寧的感覺。」

『我也不想這樣呀，但我現在寫的就是一個悲劇愛情故事呀。』

「過份！妳居然還Double唱衰！」

『哥，冷靜點，你想太多又反應過度了。』

「那妳給我一個合理的解釋。」

『好，就像你不常嚷嚷我和小強分手嗎？但我們的感情卻是越來越好，所以同理可證，如果你認為這是唱衰的小說被出版的話，那你們一定可以白頭偕老永浴愛河的，這叫做反其道而行呀。』

那不就謝謝小妹的祝福了？她少騙我不知道她沒被退過稿！

算了！好男不跟女鬥，好兄不與妹辯，反正不過是一個虛構的小說罷了。

「不過妳好端端的寫什麼悲劇愛情故事呀？這又不像妳的作風。」

『哎！我也沒辦法，誰教我的愛情太甜蜜了，只好寫些悲劇來平衡一下心情了。』

愛炫耀！哼！

不過經過了一整夜的思考之後，我決定既然身為小說家的哥哥，也要好好的來發揮我的文字天分，於是我把那篇文章改了，然後媚兒給小妹——

『終於　我買到了克蟑
惡狠狠的衝著你噴　去死吧小強
我的下手如此準確　於是你一命嗚呼
你掙扎的對我搖搖觸角　說
謝謝妳　讓我走得如此痛快
你說　然後死而瞑目

於是那瓶克蟑成為我的最愛
唧唧唧　唧唧唧
陸陸續續又來了幾隻可惡的小強
於是我瞄準對象　狂按猛噴
終於　我把蟑螂趕盡殺絕了』

幾天後，我又收到小妹回的伊媚兒。

標題是：我說哥呀　真是夠了

內容是：狗屁不通　少無聊了

哈！

我想就算男女間的戰爭能有停火的一天，但我們兄妹間的抬槓吐槽是會一直持續不斷下去的。

第八章

我從小就喜歡過年，一直到現在變成大人了還是，因為我們徐家一向有個不成文規定，那就是只要還沒結婚就還算是小孩，也就是說還享有領紅包的優惠待遇。

不過每年我領的紅包最後都會流通到老媽的手裡去，因為這女人打麻將的技術，簡直只能用神乎奇技，無遠弗屆，出神入化來形容。

而在麻將桌上過年又是我們徐家的另一項傳統，誰教我們剛好四個人可以湊一桌，所以這也是沒有辦法的事；而我們通常是吃完年夜飯就開始掏錢泡茶擺麻將，不分晝夜的。

這中間當然會有一大堆上門拜年的親朋好友，只是他們也會極自然的上門放禮物，然後就直接往麻將桌上湊過來替位，這也是我們一家四口在年假裡輪流睡覺的唯一機會。

所以過年對我而言意同過癮，但這裡所謂的過年，指的是從年夜飯開始到年假結束的那天為止。

換句話說，年夜飯前我得陪老媽小妹上街辦年貨的這件事情，簡直是我的折磨。

因為我家老爸的日常生活只有工作和高爾夫，於是陪家裡二女上街血拚的苦差事就自然地落在我的身上。

我常想，我的好臂力可能就是在那天被訓練出來的。

『哥，你要不要順便買個禮物給舒寧？』

「我沒有送禮物的習慣耶，不用了吧。」

『哦，那邀她來我們家拜年嘛。』

這倒是個不錯的提議。

於是我問過舒寧，她猶豫了一會，但最後還是答應。

我們約了初一那天。

年夜飯，領紅包，當我們四人正準備往麻將桌移動時，我突然覺得有點不對勁：

「爸，紅包都領了，怎麼還不見我的年終獎金？」

『兒子，你不應該把自己定位為職員，而是股東，所以定位為股東的你是不會有年終獎金的。』

「那身為股東的我的紅利呢？」

『我是說定位而非身為，股東對你而言是未來式而非進行式，所以等你變成股東時再來談紅利。』

這老滑頭！他乾脆說父子間談錢傷感情不更簡單明瞭些！

不過我終於明白我的天生白爛性格是從何而來的了。

不知道是不是心底掛念著舒寧的緣故，我今晚的手氣特差，終於捱到天亮，看到第一批上門拜年的客人時，我馬上讓出位子，連說三聲請，然後就急急忙忙的跑去接舒寧了。

到舒寧家時，她家裡的人都還在睡著，於是整間房子是一片靜悄悄的；而回到我家時，舒寧顯然是一時間適應不過來這其中大幅度的落差，因為呈現在她眼前的，儼然是一個專業級的麻將間，沙發上還有幾隻客人帶來的臭小鬼大吼大叫的追逐嬉戲著。

『好熱鬧。』

舒寧楞了一下，然後才慢慢的展開笑容。

「很墮落哦。」

我不好意思的說，然後帶著舒寧走向這群賭徒，經過那群臭小鬼時，還偷偷的捏了其中一個小胖子一把。哈！

『當自己家一樣哦！』

『別拘束哦。』

這群賭徒真是主客不分了，每個人的標準反應都是抬頭送上一個笑臉，然後前前後後的說了些客套話招呼著，接著還是把注意力全放在眼前的牌局裡，真是超級標準的賭客。

「要不要喝點什麼？」

我轉頭問舒寧。

『好呀。』

她露出一抹得救似的笑容。

於是我帶著舒寧去廚房，在等待煮咖啡的同時，舒寧終於放鬆了點，她笑著說：

『沒想到你們家這麼熱鬧耶。』

「對呀，簡直像個小型賭場嘛。」

『不過以前經過這裡的時候，就感覺得到應該是個很熱鬧的家庭了。』

「嗯，平常沒事就會有人來串門子，不過我們家真的只有過年才會賭錢哦。」

我趕緊提出澄清，因為我瞄到又有一批新客上門，所以被趕下麻將桌的小妹開始領著那群臭小鬼玩撿紅點，而且還要他們先把紅包亮出來。

『嘿，我們回學校去走一走好不好？』

「嗯？」

『搬家之後我就沒再回去過了。』

「雖然一直住這裡，不過我還真也沒回去過耶。」

『那走吧。』

「別急，喝完這杯咖啡再說。」

我抄了一句廣告台詞，而舒寧則是露出不好意思的笑臉。

然後我們出門慢慢的散步走到學校。

我們肩並著肩走，而舒寧的左手挽著我的右手，然後我們十指緊緊的相扣在我的外套口袋裡。

每次和舒寧散步，我總會有一種可以一直這樣走下去也沒問題的感覺。

『變了好多呢。』

「嗯，拆了幾家商店，又蓋了幾家新的。」

『我們那時候好像也這樣走過哦。』

「是呀，不過妳不肯讓我牽手。」

舒寧微笑，又低聲呢喃一次：真的變了好多呢。

「不過那時候怎麼也沒想到妳居然會唸法律。」

『我一直很想唸法律呀。』

「想當律師？」

『也是吧，總覺得這樣就可以保護自己了。』

「舒——」

打斷我，她說：

『就是這裡。』

舒寧突然佇立不動，我環顧四周，發現是走到了學校的後花園了。

「這裡怎麼了嗎？」

『我的初吻發生地呀。』

「哦，也就是我第一次被呼巴掌的地方囉。」

舒寧淘氣的笑著，孩子氣而且溫暖的笑容。

「其實那時候本來打算偷親之後，再跟妳來個深情相擁的。」

『來呀。』

於是我笑著打開外套，然後舒寧走進我的懷裡。

感覺如此美好。

年初二，該是去拜見未來的丈人和小姨子了。

昨天送舒寧回去時，她還特別交代不用太早上門去的，因為這家人在過年期間，不睡到日上三竿是不會罷休的。

為了怕打麻將誤事，所以回家之後我就狠狠的睡了好長一覺，這好像是我有生以來第一次過年肯好好睡覺的；醒來，下樓，準備出門，卻看見那隻蟑螂替了我的位置，正和那三個賭徒在麻將桌上廝殺，完全沒有想要讓我插花的意思。

也罷，大過年的，我就饒過他這一次，不再找他抬槓吧，免得他一個分心，輸得更慘。

我識相的自己熱了年夜飯的火鍋吃，而且還窩心的替這四個賭徒煮了杯咖啡，然後準備出門時，我在客廳桌上及周圍的禮品區思索著。

舒寧昨天帶來的凍頂茶葉還擱在地上，那我又該送什麼好呢？帶李伯伯的那瓶紅牌約翰走路可好？但她家老頭喝酒嗎？

對了！

「小強，你帶什麼禮物來呀？」

『哥，你很沒禮貌耶。』

『哦，桌上那盒巧克力就是了。』

「是瑞士巧克力嗎？」

『不是，是比利時的頂級巧克力，朋友從歐洲買回來的。』

太好了！就這個了。

上路時，我先撥了電話給舒寧，還好，已經都起床了。

到達目的地，停好車，下意識的抬頭往二樓的那扇窗探去，暗著的。

然後我拿著那盒巧克力，按門鈴，差不多過了二十秒鐘，門被打開，一張熱切的笑臉出現在我的面前。

剎那間，我的腦子好像被凍結了，我的心臟好像快跳出喉嚨了，然後楞了很久，但還是無法做出任何的反應。

『我們是不是在哪裡見過？』

她先開口，笑得更深了。

「我……」

『別擔心，我不是壞人，只是覺得你很眼熟而已。』

真的是她！

「聽妳這麼一說，我倒也覺得妳挺面熟的。」

我尷尬極了的接著說，但不同的是，此時響起的不是我的手機，而是舒寧出現在她的身後，我的面前。

『怎麼不讓人家進來呢？』

「噢。」

她吐了吐舌頭，笑了笑，然後退一步讓我進門。

脫了鞋，再見過她們的父親，我的心跳才終於能夠稍稍恢復正常。

但我還是感覺到前所未有的緊張，不是因為這是我生平第一次到女朋友家正式拜訪，而是我非常害怕這女孩會告訴舒寧，我曾經試圖搭訕她的這件事情。

當然更怕她誤會我是個輕浮的男人，不過這樣說其實對也不對。

明白一點說，我曾經是個輕浮的男人，但現在不是，否則我現在不會緊張成這樣了。

但我究竟真正緊張什麼？我實在很需要抽根菸冷靜的想一想這個問題，只可惜我答應過舒寧不在她面前抽菸的，再說，看來她家應該也是全面禁菸的。

還好這女孩從頭到尾沒說上什麼話，她只是靜靜的，微笑的聽著我們之間的談話；無意間，我的眼神接觸到她投射過來的目光，我發現她正笑著望向我。

那眼神彷彿是在說：請放心，我不會說出去的。

這四目交接只維持了三秒鐘左右，我就慌張的連忙移開視線，當再度望向她時，這女孩的眼神卻直盯著桌上的那盒巧克力。

「其實這巧克力是別人送的。」

我突然說，然後這才發現我對她家老爸的問題答非所問了，他和舒寧不解的看著我，但那女孩卻是很開心的笑著問：

『是瑞士巧克力嗎？』

「是比利時的頂級巧克力，朋友從歐洲帶回來的。」

『可以吃嗎？』

「舒婷！」

舒寧和她老爸異口同聲的低聲斥責著，那女孩又吐了吐舌頭，但卻還是笑著，不知道為什麼，我突然覺得輕鬆多了。

「可以呀，因為其實我也很想吃哩。」

然後我們交換一個眼神，拆開那精美的咖啡色包裝，每一片的巧克力都被一層透明的玻璃紙仔仔細細的包裹著，再拆開玻璃紙，裡頭還有一層銀色的錫箔紙。

我和那女孩各拆了一片，但舒寧和她老爸卻端坐著不動，於是當那女孩咬下第一口的同時，我把巧克力遞給舒寧，她微笑，然後接過淺嚐一口。

『好好吃哦。』

女孩露出極滿足的神情，卻沒有再拆一個的打算。

「覺得好吃就再吃呀。」

『可是就是因為太好吃了，捨不得一次吃完呀，可以留著慢慢吃嗎？』

她怯生生的問我，孩子似的純真笑顏。

『當然可以呀。』

舒寧代我回答。

『那我先拿去冰箱冰著。』

女孩起身，暫時離開。

然後我們的話題暫時離開那巧克力，只是不管我們聊什麼，那女孩總是淺淺的微笑，靜靜的傾聽。

我一開始以為這是因為她對我們的話題不感興趣，所以沒有想要插話的打算，但看她的表情，卻又不像。

『那你們聊吧，我先去煮飯了。』

她們老爸看了看時鐘，然後起身，說。

「我也去幫忙吧。」

吭？

這姐妹倆同時驚訝的望著我。

「我本來就會做菜呀。」

我覺得有點哭笑不得。

『真是看不出來呢。』

舒寧笑著說，然後握了握我的手。

『新好男人哦。』

那女孩說。

新好男人哦。

那女孩最後說。

新好男人哦。

第一次有女生對我這樣說。

第九章

當離開舒寧家的時候，我一直懷疑自己是不是什麼東西忘了帶走？因為我老覺得若有所失的。

回到家時，麻將桌還還熱鬧著，甚至還因為人太多所以多開了一桌，我看小妹已經不在那了，但小強卻還站著在一旁插花。

「小強。」

我把他叫了過來，不是想訓話或是什麼的，只是很想找個人說說話，不知道為什麼，我覺得現在的自己很需要找個人隨便說些什麼話。

隨便什麼都好。

「小妹呢?」

『去睡覺了。』

他一臉的懷疑，表情甚至還帶點擔心。

「要不要一起抽根菸?」

『好呀。』

他說。

於是我們拿了李伯伯的那瓶紅牌約翰走路，和兩個酒杯以及一桶冰塊，然後他跟著我回房間。

「很亂哦。」

我一邊說，一邊把床上的衣服和棉被還有清涼的養眼雜誌推到角落，坐下，點菸。

而小強則是倒了兩杯酒，加冰塊，遞給我，接過菸，點火，然後坐在我的書桌前。

『不過我的房間也差不多亂。』

「我想也是。」

我注視著手中的菸，突然又想起了當初舒寧在我的掌心寫下手機號碼的那個時候。

「你有去過女生的房間嗎？」

『咦？』

小強一楞，然後露出一副其中必定有詐的表情。

「放心啦，今天是Men's Talk，我不會告訴小妹的，所以你也不能對她說。」

『哦，那我就放心了，我有過一次經驗，而且還是我的第一次。』

「哦，跟我一樣嘛。」

我笑著，突然想起當年國中時那個胖女孩，然後覺得有點對不起她，因為那都是我們的第一次。

「你為什麼會喜歡一個女生呀？」

『啊？』

「換個說法好了，為什麼你會喜歡我小妹呢？」

『哦，一見鍾情吧。』

「吭？」

『真的哦，我對她一見鍾情。』

「千萬別相信一見鍾情的愛情，因為結婚以後你不可能只看她一眼。」

我突然想起漫畫大師朱德庸，在書裡曾經寫過這樣的一句話。

於是我們哈哈大笑，接著小強才又說：

『一見鍾情的確不是很可靠，不過相處之後，我卻發現我更愛她了呀。』

突然間我有種很不是滋味的感覺，因為他用的字眼是愛而非喜歡，所以我決定再確認一次：

「是愛還是喜歡？」

『愛。』

他幾乎沒有任何考慮的說。

「你知道喜歡和愛是不一樣的嗎？」

『知道呀，程度上不同呀。』

「不只是這樣，愛還包括了承諾的部份哦。」

我半威脅半恐嚇的說。

『哦，那我還是愛她呀。』

「那你給過她什麼承諾？」

『就我愛她呀。』

「這就算承諾？」

『這就是一切承諾的總和呀。』

我捻熄了菸，嘆口氣，一飲而盡杯中的酒汁。

「再給我一杯好不好？」

『哦。』

小強一邊倒酒，一邊很小心的打量著我。

『你是不是約會不順利？』

然後我們極有默契的一楞，接著哈哈大笑，因為我們同時回想起初見面的那個場景。

『而且我們合得來呀。』

「合得來？」

『嗯，像是有些她的缺點是我可以接受的，而我的缺點她也無所謂，怎麼說？就是互補吧。』

那我和舒寧呢？我幾乎可以數出十幾二十項我的缺點，但是卻怎麼也想不出來舒寧到底有什麼缺點。

——要不要說說看妳有什麼缺點呢？

這一瞬間，我真想打電話問舒寧這個問題，但我到底沒有這麼做，因為可能會被問是不是心情不好，或者什麼的吧。

但我的心情不好嗎？應該是好得不得了才對呀！

第一次和一個女孩的感情這樣穩定發展，而且我又是這麼這麼樣的喜歡著舒寧，幾乎可以說是無時無刻的想念著她的程度；甚至我們已經進展到見過雙方家長的地步了，再接下來就是討論結婚戒指的款式和蜜月的地點了吧。

婚紗倒是無所謂，反正舒寧怎麼穿都好看的。

但問題是，為什麼我老甩不開若有所失的錯覺？

不過顯然這是我想太多了，因為我和舒寧的感情完全沒有任何的改變，也就是說，見過雙方家人的這件事情，並沒有對我們之間產生任何的影響。

或者說產生任何的話題。

明白一點的說法是，舒寧一向不會主動提及她的家人，我們總是什麼都聊，但就是很少聊起她的家人；這個習慣並不因為我見過了他們而有所變化。

舒寧非但不主動提及任何關於他們的話題，就是連讓我在老位子等待的習慣也不變；不過這樣也好，比較起來，我是比較喜歡倚在車窗上遙望那扇窗子的，當然如果能夠抽根菸的話那就更好了。

但有一次例外。

這天我們依然在那間小小的餐館吃飯，大概是那老闆娘打從心底感謝我們如此喜愛他們的料理，所以在飯後她額外送上一份心形巧克力。

「祝你們的愛情永遠甜甜蜜蜜。」

她笑著說。

「對了，那巧克力吃完了嗎？」

『應該還沒吧。』

「應該還沒吧？」

『嗯，我讓舒婷帶去學校吃了，所以我不知道她吃完了沒欸。』

「哦，妳不喜歡巧克力呀？」

『也不是這麼說，只是舒婷比我更喜歡吃呀，所以就乾脆讓她吃好像比較值得。』

「還說妳對她不好。」

舒寧笑了笑，不承認也不否認。

「不過妳們長得還滿像的。」

『只有乍看之下吧。』

「咦？」

『看仔細就會發現根本不像呀。』

「這倒是。」

「而且個性也完全不一樣吧。」

「這我倒是不清楚。」

『嗯，應該說是完全極端的類型吧。』

「哦。」

然後舒寧沉默了一下，本來我以為她會接著問：那你覺得誰比較漂亮呢？但還好她沒有，因為這個問題是沒有正確解答的。

如果拿來跟別人比的話，那答案就會很清楚，但如果是兩個人非要比個結果的話，那根本就是白費力氣。

因為我百分百的肯定，沒有人能肯定地回答的。

突然的、舒寧問我：

『你們以前見過嗎？』

慘了！莫非是她向舒寧全盤托出了？我開始後悔以前見到漂亮美眉就愛亂把的壞習慣。

真是所謂的夜路走多了，遲早會碰到鬼的。

「嗯……算是有一面之緣吧！就是第一次在車站遇到妳的那晚，去7-11等我小妹時剛好見過她。」

『哦。』

「為什麼這麼問？」

我還是很擔心。

『只是覺得她看你的眼神好像很熟悉的樣子。』

「哦。」

我還在心虛，思索著該不該投誠？

『我想起來了。』

「嗯？」

『我拿過畢業紀念冊給她看過。』

「咦？」

『嗯，應該是這樣沒錯。』

「哦。」

哦，那我就放心了。

「妳們會討論彼此的感情生活呀？」

『很少耶，我甚至連她有沒有男朋友都不清楚。』

「哦，不過經妳這麼一說，我倒是想起來我得感謝她才對。」

『怎麼說？』

「記不記得那時候我怎麼樣也追不到妳？」

『嗯，因為我爸會過濾電話，所以我告訴你，如果我接到你的電話，那我就會考慮考慮的。』

「嗯，那一次應該就是被她接到的吧。」

舒寧又笑了，但那笑臉好像在表示：那多事的笨蛋！當年就是被她害的！

「所以如果我們結婚的話，就應該請她當介紹人囉？」

『可是我想請她當伴娘耶！』

「哈！被我套出來了吧！」

『什麼呀？』

「原來妳也考慮到結婚這件事情了呀。」

舒寧臉紅了，她嘟著嘴不說話，那感覺好像是小女孩偷吃糖果被捉到，然後無可奈何卻又不想承認的賭氣著。

「沒關係呀，在未來老公面前是不用害羞的。」

『神經病。』

舒寧還是紅著臉，我真的好想現在親她一下，可惜我滿嘴巧克力，而且我有預感如果我真敢冒險這麼做的話，她應該是會呼我巴掌的。

『倒是你……』

舒寧像是終於逮到了我的什麼把柄似的，挑釁的說。

「姑娘請說，小的願聞其詳。」

『你不是害怕承諾嗎？』

「姑娘難道沒發現？在下正被妳潛移默化中。」

『白話文？』

「哦，我已經為了妳改變了呀！再白話一點的說法是，妳已經吃定我了。」

然後舒寧笑了笑，沒再說什麼。

當晚我在睡前回想之後，才恍然大悟，原來舒寧那時候是在暗示我說那三個字呀！

真是豬腦袋！

撥了電話想親口告訴她，只可惜舒寧已經關機睡覺了。

下次吧。

》第十章《

又是在冬夜，又得接小妹，看來我是有必要力行早睡早起的計劃了。

真搞不懂小妹幹嘛每次非得弄到三更半夜才肯回家！真是一點也不體貼的個性，想不透小強到底看上她哪一點！

還好我已經很久沒把車撞壞了，所以老媽也就不再反對我開車了，而且我想如果再讓小妹坐一次機車吹冷風的話，她八成會讓老媽後悔生下這個女兒吧。

哈！

到了車站，這慢吞吞的女人果然還在車上，於是這次我學聰明了，直接到7-11看清涼雜誌去。

『我們真的很有緣耶！』

舒婷！

「妳怎麼……半夜在這裡看雜誌呀？」

『等家人來接我呀，在這裡等比較安全。』

「妳不住家裡嗎？」

『嗯，我在台南唸大學。』

「台南呀，那很遠哦。」

『嗯，所以不常回家。』

然後我傻笑，不知道該再說什麼。

我發現這女孩除了總是笑之外，說話也總是慢條斯理，不慍不火的，大概是不常講話的關係吧。

覺得氣氛有點尷尬，於是身為未來姐夫的我，只好主動找點話題跟未來的小姨子聊：

「那誰會來接妳呢？」

『不曉得耶，如果爸爸值夜班的話，那大概就會是我姐姐了吧。』

我覺得她講『爸爸』的語調好像個小孩子，要不是她先說了唸大學的話，我真要懷疑她到底滿十八了沒？

果真是被保護得好的樣子。

『我姐姐是你的第幾任女朋友呀？』

很好，她終於主動發言了，只可惜她問到了最令我尷尬的問題。

「第……三個。」

『這樣呀，好好哦。』

其實這麼說也沒錯，舒寧本來就是我的第三個女朋友，不過如果她再追問下去的話，我可能會據實以告，中間其實還包括有二十三個女朋友的。

雖然我看她可能笨到不會再追問下去，但為了以防萬一，我還是決定不要讓她有任何發問的機會，於是我決定先下手為強：

「妳呢？有男朋友嗎？」

『我沒交過男朋友耶。』

她吐了吐舌頭，臉紅到耳根子了。

「妳這是在臉紅嗎？」

我只是想確定一下，但沒想到卻害她臉更紅了，我想可能如果碰一下的話，還會冒出白煙來也不一定。

「抱、抱歉。」

『沒關係的。』

她吐了吐舌頭，還是笑。

只是她拿了一罐冷飲，然後貼著發燙的雙頰，還是笑。

「我請妳喝這罐飲料以示賠罪好嗎?」

『好呀。』

然後我接過那罐飲料,當我的手指不小心碰觸到她的時,發現她連手指也都是熱著的。

不過我當然不會蠢到頭殼壞去再追問的。

走到了收銀台,卻發現舒寧和小妹竟同時走來,而且兩個人還有說有笑的。

如果只是舒寧笑著,我會覺得那真是溫暖人心的笑容。

但看到了小妹也笑著,我只會覺得心底發毛。

「妳們?」

『在車站遇到。』

「哦。」

『說了你不少壞話哦。』

臭小妹!她也不想想我在這三更半夜的是為誰辛苦為誰忙!

「舒婷也在裡面哦。」

『嗯,我叫她直接在這裡等的,免得又像上次兩頭等了。』

「妳騎車來呀？」

我握著舒寧的手，真的好冰。

『對呀，車子被我爸開去上班了。』

「那……妳們開我的車吧，我騎車跟在後面。」

『怎麼好意思呢。』

「小妹？」

『好呀！我正好可以在車上卯起來說你的壞話。』

這女人！我如果不力勸小強劈腿偷吃的話，我就誓不為人。

回到家之後，我忙著拜讀小妹寫的那篇愛情大悲劇的最新進展，好確認一下這女人的愛情到底現在是甜蜜到什麼地步，但沒想到小妹洗完澡之後，卻跑來我的房間。

「小強這次沒陪妳回來呀？」

『嗯，他留在學校忙社團。』

「哦，那妳不陪他？」

『我留著只會讓他分心而已。』

「哦。」

『哥，你也認為愛情會是女人的全部，卻不能是男人的全部嗎？』

「我倒要反問妳，如果生活光是用在風花雪月的男人，妳會覺得可靠嗎？不會覺得看不起他嗎？」

『說的也是。』

「怎麼了嗎？」

『也沒什麼大不了的，只是覺得他越來越忙了，男人到底是不能只滿足於愛情的吧？』

「要我替妳警告他嗎？」

『不需要，這種事我還算擅長的。』

「少逞強了，妳只是在書裡擅長吧。」

小妹笑了笑，隨即又嘆了口氣，實在不忍心看小妹這樣，於是我改變了話題，問：

「妳們在車上都聊些什麼呀？」

『聊你囉。』

「小妹可有口下留情？」

『放心啦，我才不會讓這樣的大嫂跑掉咧。』

「嗯，同感呀同感。」

『不過她妹妹好安靜哦，幾乎都是笑著聽我們講話，也沒有想插話的意思。』

「妳一定很不習慣這樣的女生哦?」

『嗯。』

小妹又安靜下來了，如果不是這話題引不起她的興趣，就是她實在心太亂了。

『我去睡了，你也早點睡吧。』

「嗯，晚安。」

然後小妹就黯然的離開了。

哎！我的笨小妹呀！不要老是讓哥哥心疼好嗎?

隔天，約好了要去找舒寧，但沒想到我停好了車，卻接到了舒寧的電話，說她有朋友突然鬧自殺，現在人在醫院裡陪著守候。

「可是我已經到妳家了耶。」

『那你等會好嗎?她醒來之後我就趕回去。』

只好這樣了。

在按門鈴的時候，我直祈禱著千萬不要是她家老頭來開門，因為每次和他老人家聊天時，我總有種彷佛是犯人在被拷問的錯覺。

當我伸手準備再按第二次時，我聽到一陣急促的跑步聲，然後舒婷的笑臉出現在我面前。

『是你呀。』

她壓低了聲音。

「怎麼了嗎?」

我跟著也緊張起來。

『爸爸在睡覺,怕吵到他。』

原來如此。

『我姐姐剛出去了耶。』

「我知道,她要我在這裡等她。」

『發生了什麼事嗎?』

「咦?她沒告訴妳?」

『嗯,她走得很急,不過她本來就不怎麼告訴我事情呀。』

「哦,聽說是有朋友突然進醫院了。」

然後舒婷露出恍然大悟的表情,接著說:

『你人好好哦。』

「我?怎麼說?」

『會告訴我想知道的事情呀，他們總是把我當成小孩子，老說大人的事小孩子不用問那麼多。』

這樣就覺得我是好人？真是容易滿足的個性呀。

「所以妳不常說話嗎？」

『嗯，就算是和同學聊天也是哦，幾乎都是傾聽的份。』

「那妳人緣一定很好囉，因為現在的人比較喜歡說話的多。」

『可能吧，不過也可能只是我總是笑呀。』

這倒是。

「為什麼妳總是這樣開心呢？」

『我總是很開心？』

「妳總是笑不是？」

『可是笑的時候並不代表我是開心的呀。』

真是有點難懂了。

「不開心也能笑嗎？」

『嗯，有時候呀，除非是真的難過到了極點，才會笑不出來的，不過好像沒遇過耶。』

「為什麼？」

『習慣了吧。』

「怎麼說？」

『因為我從小就習慣笑呀。』

「那是因為妳笑起來很甜美吧，很像徐若瑄耶。」

『嗯，大人都這麼說，所以我覺得好像不笑的話，就會沒有人發現我的存在了。』

「咦？」

『因為他們總是把注意力放在姐姐身上呀。』

「哦，有個過份優秀的姐姐也是很傷腦筋的哦。」

『就是呀。』

「那我小妹應該也常感到傷腦筋吧。」

她開開心心的笑著，原來雖然她看起來天真得有點笨，但反應倒還是不慢嘛。

真的很奇怪，這樣的女生應該會是令男人趨之若鶩的才對，怎麼會從來沒談過戀愛呢？真是暴殄天物。

「妳真的從來沒交過男朋友？」

『欸，很丟臉哦？』

「怎麼會？是妳眼光太高了吧。」

『你在安慰我吧。』

真是開玩笑，這等美女何需我來安慰？難道是她笨得連自己很漂亮都沒發現嗎？

「但應該很多男生追妳吧。」

『好像是哦。』

她又笑了，她的笑聲總是清清脆脆的，有一種很乾淨的感覺，像春天裡的風鈴聲。

我想如果仙女有笑聲的話，那大概就是這樣吧。

「沒有看對眼的呀？」

『嗯，總是不能因為想談戀愛，所以就隨便找個男生交往呀。』

「那妳喜歡什麼樣的男生？」

她突然沉默了一會，然後看著我，害我的心跳漏了三拍，接著她才笑著說：

『沒遇過，所以不知道耶。』

嚇！我的好妹妹，這種慢半拍的反應可是一不小心就會鬧出人命來的。

太尷尬了，於是我連忙轉移話題：

「那巧克力好吃嗎？」

『嗯，我每天吃一片哦，總共四十片。』

「那應該吃完了吧？」

『對呀，而且我把包裝紙都留下來，然後每天貼在日記上作紀念，因為太漂亮了。』

「下次朋友還去的話，我再叫他買。」

『好呀，謝謝你。』

她笑得如此迷人，我真想馬上打電話給小強，叫他立刻給我弄一箱來。

『我覺得跟你講話好開心哦。』

「我也是呀。」

『是真的哦，特別開心哦，我是第一次可以跟別人說這麼多話耶。』

——我第一次能這樣，有一個人，能讓我想說什麼就放心的說，也不用怕害羞或是表錯意什麼的。

我突然想到舒寧，大概是心電感應吧，因為舒寧剛好就回來了。

「還好吧？」

我有點擔心，因為舒寧的眼眶紅紅的。

『嗯，清醒了。』

「那……？」

『沒關係的，我正想出去透透氣。』

「走吧。」

舒寧突然想到了什麼，轉頭看了舒婷，問：

『妳跟朋友有約嗎？』

『沒有耶。』

『要待在家裡嗎？』

『嗯。』

『一起去？』

『可以嗎？』

可以呀。

我和舒寧異口同聲。

於是我開車載她們去海邊吹風，一路上舒婷還是扮演微笑的電燈泡，她還是沉默的微笑傾聽著，不像剛剛和我那樣自在地說話；而舒寧則是沮喪的提起她的那位朋友，原來是因為感情的問題，所以一時想不開鬧自殺。

『你知道嗎？我們一直聯絡不上那個男人，等我離開的時候，他才終於趕過來。』

「怎麼會這樣？」

『他在公司加班開會，手機一直沒開，但還好，她醒來時第一個看見的還是他。』

——也沒什麼大不了的，只是覺得他越來越忙了，男人到底是不能只滿足於愛情的吧。

我突然有一種不祥的預感。

「我想打電話給我小妹。」

這姐妹倆同時疑惑的看著我，還好手機通了，而且是小強接的，我才終於放下心來。

『怎麼了嗎？』

「沒什麼，偶爾會突然想起我小妹，所以就馬上打個電話給她。」

『哦。』

舒寧是放心的拍了拍我的大腿，而我從後照鏡裡看到舒婷的眼神是有點羨慕的，只是我不知道她羨慕什麼，當然我也不敢確定的。

「對了，妳考慮得如何？要讓舒婷當介紹人還是伴娘呢？」

舒婷是一楞，而舒寧則是紅著臉瞪我。

『你們要結婚了呀？』

她慢慢的問，這好像是她出門之後開口說的第一句話。

「對呀，怕妳姐姐到時候晃點我，所以說出來請妳當見證人。」

『那我到底是介紹還是伴娘還是見證人呢？』

哈！這小妮子還挺幽默的嘛！

『妳少聽他瞎說。』

「看，馬上就想賴帳了吧。」

『你想得美。』

「不要逼我耍陰的哦。」

『耍陰的？』

有礙於舒婷這塊淨土之前，於是我湊近舒寧的耳邊，悄悄的說：

「例如說，先有後婚之類的呀。」

『你真的很低級耶。』

舒寧又羞又惱的捏我，倒是舒婷終於忍不住好奇的問：

『你們說什麼呀？』

『小孩子不懂的。』

『哦。』

透過後照鏡，我看到舒婷一臉的失落，雖然舒寧的顧忌沒錯，但我還是覺得有點於心不忍。

但當舒婷發現我在看她時，隨即又換上了笑容，擺出一副：我沒問題的，請別在意我的神情。

『可以在這裡停一下嗎？』

她移開了視線，低聲的問道。

『怎麼了嗎？』

『我想上廁所耶。』

「哦，那順便進去吃點什麼東西吧。」

於是我們三個人就進了麥當勞。

舒婷直接的往廁所走去，而舒寧也直接的替她點了餐。

找到位子，坐下。

「妳會不會也覺得過份保護妹妹了呢？」

『你不也是？』

「妳略勝一籌吧？」

『嗯，沒辦法，不過如果換成舒婷是你妹妹的話，你不會這樣子保護她嗎？』

「說的也是。」

我笑了笑，結束這個話題，是因為我看了舒婷正朝著我們走過來。

『四號餐，可以嗎？』

『可以呀。』

舒婷還是那張招牌笑容，然後開開心心的吸了一口可樂，接著一根一根的吃著薯條。

還好這不是在看電影，否則我真會以為這是在慢動作重播。

怎麼有人什麼事情都可以這樣慢條斯理呢？

要讓小妹看到了，她肯定會受不了的吧？那女人是名副其實的急性子。

呵！

『你剛為什麼突然想起小妹呀？』

我真的開始要懷疑和舒寧是不是有心電感應？為什麼每當我想起小妹的時候，她就剛好問起呢？

「哦！看妳也直呼她為小妹了，說，妳到底為什麼不嫁？請妳給我一個合理的解釋。」

『少耍白爛了，又想逃避問題對不對？』

我確定我們真的有心電感應沒錯。

「其實是因為剛剛聽妳提起那個朋友，忍不住想到她而已。」

『為什麼？』

「因為不久前她才抱怨男朋友太忙，有點冷落她了。」

『哦……』舒寧像是鬆了一口氣；『不過她看起來不像會想不開的那種女生呀。』

「嗯，她只會在小說裡讓那個男人死得很慘而已。」

『她寫小說呀？』

我很高興舒婷終於又加入了我們的話題，正等著她接下去問，但她只是吸了一口可樂，沒再說什麼。

也好，反正她沉默著的時候，倒也不至於令人覺得不自在就是了。

》第十一章《

這天，舒寧在醫院陪那位脆弱的朋友，而我的那群哥兒們則是各自陪女朋友甜蜜蜜的約會去了，連老爸老媽都跑出去喝喜酒，我突然有種被冷落的感覺。

還好，上次朋友燒的A片還沒有時間看，就趁今天吧。

才播到重要關頭時，我的手機響起，究竟是誰這樣不識相愛掃興？於是我沒好氣的喂一聲。

『嗯，是我，舒婷。』

舒婷！我嚇得連忙找遙控關電視，但一個緊張卻不小心按到音量，於是那些嗯嗯呀呀的聲音透過我的耳朵跟著傳到手機裡去。

『你在忙嗎？』

「沒，我在學日文。」

呼！還好，終於按到了開關，鬆了口氣，然後我才想到有件很重要的事情——

「妳怎麼有我的手機號碼？」

『我從姐姐的手機上偷看的，很狡猾哦？』

「別這麼說，找我什麼事嗎？」

『其實也沒有什麼事情耶，只是現在坐車好無聊，想找人說說話，你方便嗎？』

難怪我聽到火車穿過鐵軌的聲音。

「方便呀，妳該不會在車廂外吧？」

『嗯，怕在裡面講話會吵到人呀，所以就出來了。』

「那不是很冷嗎？」

『還好啦，都春天了。』

說的也是。

「但是為什麼想跟我聊天呢？」

難道她不覺得我很色嗎？一開始在半夜搭訕她，連現在看A片都被她逮個正著，不過我想她應該是天真得連那些發語詞代表什麼意思都不懂的吧。

『因為我發現我很喜歡和你聊天呀，所以第一個就想到你呢。』

這對我而言真是一項天大的讚美，雖然她不像舒寧那樣，總是能夠侃侃而談，而且講話又慢，好像總要絞盡了腦汁發問問題，才能得到她的回應，但不知道為什麼，和她聊天我還覺得挺舒服的。

大概是因為男人對於美女總是比較寬容放任吧。

而且雖然是隔著電話，我現在看不到她的表情，但我就是能感覺到她現在是笑著的。

但話說回來，該聊什麼呢？有鑑於她不是那種會主動找話題的女生，於是這個重責大任就落在我的肩上，好吧，就聊聊她吧。

「妳唸什麼系呀？」

『中文系。』

「哦，那妳寫小說嗎？」

『我是很想寫耶，但總是不知道該怎麼開始，也沒有題材呀。』

這也難怪，她畢竟沒碰過感情嘛。就像是叫一個素食者形容牛肉有多美味一樣，都是很突兀的事。

而且她畢竟不像小妹那樣愛之深，責之切。

哈！在心底挖苦小妹的感覺真爽！

「那剛好我小妹在寫小說，下次或許妳們可以聊聊哦。」

『好好哦。』

「什麼好好？」

『你喊小妹的那個感覺呀。』

「哦？」

『嗯，真的很好聽哦。』

「謝謝。」

她是生來就這麼喜歡讚美別人嗎？

『那你小妹都怎麼喊你呢？』

「哥呀，不過如果我惹毛她的時候，她會喊我全名，當然前後會加一些發語詞和形容詞，不過有礙於妳年紀還太小，所以我不方便解釋得太清楚就是了。」

她開開心心的笑著，每次和她講話，我總會有一種好像自己真的很幽默的錯覺。不知道是她太容易滿足了？還是我真的很幽默嗎？下次問問小妹去。

『不過你們比較公平哦。』

「此話怎講？」

『嗯，你們互相稱彼此為兄妹呀，像我姐姐叫我舒婷，我卻不能喊她舒寧。』

「妳希望她喊妳妹妹呀？」

『也不是這麼說。』

「那要怎麼說？」

『我不會說耶。』

要不是早知道她天真，否則我真會以為她是在耍白爛。

『大概是這樣吧，就像有一次，我試著喊她舒寧，結果姐姐卻以為我在生什麼氣，真的很傷腦筋耶，我只是想試看看這樣喊是什麼感覺而已的。』

「所以妳希望互相喊名字嗎？」

『可能吧。』

「那我替妳跟舒寧說看看？」

『不要啦，等一下她怪我亂講話怎麼辦。』

看來她是真的很怕舒寧沒錯。

『不過我真的好羨慕姐姐哦。』

怪了？怎麼這對姐妹老愛互相羨慕？

『姐姐從以前就有很多人追呀，現在你們的感情又這麼好，真的很令人羨慕耶。』

「妳也很多人追的，不是嗎？」

『可是我總遇不到喜歡的男生呀，不像姐姐，可以遇到像你這樣的男生。』

有鑑於上次的經驗，這次我決定換個問法：

「要不要幫妳介紹男朋友呢？」

『不用了，謝謝。』

真可惜，我本來是想介紹小強給她認識的，哈！

『可以答應我一個要求嗎？』

「妳先說，我要視情況決定。」

『嗯……可以拿你當男主角寫我的第一本愛情小說嗎？』

我的心臟還是漏跳了三拍，是我想太多還是什麼的？我怎麼覺得這個問法好像是：可以請你和我談戀愛，好讓我寫成小說好嗎？

「嗯……妳的意思是？」

『我想把你和姐姐的愛情寫成小說，可以嗎？』

呼！嚇我一跳！她非得把一句話拆成兩句講嗎？還是她非常樂於挑戰我的心臟？

「可以呀，不過妳可能要問過舒寧哦。」

『嗯，我會的，那……』

「嗯？」

『那不好意思打擾你了，再見。』

「Bye。」

掛上電話之後，我開始覺得心煩意亂，連原來的A片都沒興趣看了。

我突然很想聽聽舒寧的聲音，於是撥了電話，我告訴舒寧說想現在去找她。

『可你不是討厭醫院嗎？』

「沒辦法，我想見妳的慾望強過對醫院的厭惡。」

『那好吧。』

舒寧笑著，說。

見到了舒寧之後，我立刻緊緊的抱住她，她有點不解，但還是笑著。

不知道為什麼，我沒有告訴她，關於舒婷打電話來的事情。

我始終有一股不祥的預感，但我不知道這和那股若有所失有沒有關係。

因為我和舒寧之間從來是無話不談的，也可以說是毫無祕密的，但不知怎麼著，我就是沒有辦法向舒寧啟齒，關於舒婷打電話給我的這件事情。

其實這本來也沒有什麼大不了的，一來我們只是純聊天，二來我們不搞曖昧關係，所以我一直很想找機會告訴舒寧這件事情，但卻又怕她多心。

其實我知道，多心的人是我。

我知道我多心什麼，我多心一旦告訴舒寧，她會生舒婷的氣。

大概是被舒寧影響的吧，我在潛意識裡，也感染起一份必須保護舒婷的想法。

這種不祥的預感，是一直到這天小強突然跑到公司來找我，我才大概猜出來這預感是為何而來了。

小強看起來非常沮喪的樣子，我們在陽台一直抽了三根菸，他才終於慢慢的說出此行的目的。

原來是他和小妹的感情有點小摩擦，而他暫時找不到小妹。

雖然他沒說明原因，但我想大概是和之前小妹提及的有關吧。

「但上次打她的手機不是你接的嗎?我以為那代表你們的感情很穩定耶。」

『其實應該說是我故意想要過濾她的電話吧，我知道還是有別人在追她，而且最近……』

「我不知道該怎麼幫你，但我真的希望能看到你和小妹長長久久的。」

『謝謝。』

小強還是看起來很難過的樣子，我才在思索著該怎麼安慰或鼓勵他時，我的手機響起，是舒婷。

「我等一下打給妳好嗎?」

舒婷說好，然後掛了電話，轉頭看小強，他卻準備要離開了。

「你要走了？」

『嗯，你女朋友找你不是？』

「咦？」

『我聽你說話的口氣猜的啦。』

「哦。」

我有點心虛，不知道該怎麼解釋才好，其實也不太想解釋。

「你還喜歡著我小妹的對不對？」

『當然。』

「不管怎麼樣，你都要記住這份心情，好嗎？」

『我知道。』

然後小強黯然離開，我楞了一會，才想到該回舒婷的電話。

電話響了一聲，舒婷隨即接起，我猜她大概是一直等著的吧。

『你是不是在忙呀？』

「沒有呀，為什麼問？」

『哦，我猜的啦，因為大人總是很忙的樣子呀。』

「那我應該算是比較混水摸魚的大人吧。」

舒婷開開心心的笑著，還是我記憶裡那種乾淨清脆的笑聲。

「妳又在等車所以打電話給我嗎？」

『不是欸，只是突然想到一件事情，必須跟你道歉。』

「姑娘請說。」

『我那次撒了謊。』

「哪次？說我人很好的那次嗎？」

她又笑了，然後解釋：

『不是的，是當你們電燈泡的那一次，姐姐問我是不是和朋友沒約，我撒了謊。』

「所以其實妳和朋友有約？」

『嗯，我甚至來不及告訴他，然後就直接關了手機。』

「哦，那妳應該向那個朋友道歉才是。」

『對呀，我剛和他道完歉，然後就想到好像也該打個電話給你呢。』

「好像是這樣哦。」

我傻笑，有點無言以對的感覺。

『其實我是在找藉口。』

「咦?」

『嗯,找藉口打電話給你呀。』

「因為喜歡和我聊天?」

『嗯,認識你之後,我才發現原來自己還挺喜歡說話的呢。』

「那很好呀,把想說的話說出來總是好事情。」

『那……』

糟糕,她又想挑戰我的心臟能力了嗎?

『我想說,其實我發現我比較喜歡和你說話呢。』

「和誰比較呀?」

『和姐姐呀。』

「哦。」

『會不會造成你的困擾?』

「怎麼會。」

『那就好。』

她的聲音裡有鬆了一口氣的感覺。

『你會和姐姐說這件事嗎？』

「妳不想我說？」

『嗯，有點。』

「那好，只要妳不把我第一次試圖搭訕妳的事情告訴舒寧，那我也不說這個。」

『好呀，這是我們的祕密哦。』

「一言為定。」

『不過我總是想，如果那時候我們認識了，那現在不知道會是什麼樣子呢。』

坦白說我也想過這個問題，但想到最後我得到一個答案，那就是我根本不該想。

『我是不是說錯話了？』

「咦？」

『因為你沉默了好久呀。』

「沒——」

又有插撥進來。

「我等會再打給妳好嗎？」

『沒關係的，下次有機會再聊了。』

「好，Bye。」

她收了線，電話一轉，原來是舒寧，她說晚上可能得取消和我的晚餐了，因為得去幫那個朋友慶祝重生。

「好呀。」

我說，然後我們又聊了一會才掛電話。

在離開陽台時，我突然又想起了舒婷的問題。

不過我總是想，如果那時候我們認識了，那現在不知道會是什麼樣子呢？

第十二章

這個星期，小妹很反常的回家，更反常的是，她絕口不提小強。

吃完飯後，小妹就一直把自己關在房間裡，我想該是把握機會幫幫小強的時候了。

我沒敲門就直接進了去，小妹嚇了一跳，而我也嚇了一跳，因為我看見小妹居然在窗戶旁偷偷抽菸。

「妳怎麼在抽菸？」

『你怎麼沒敲門？』

小妹把菸丟到窗外，急急忙忙的跳到床上，躲進棉被裡不敢看我。

「喂！妳什麼時候開始抽菸的？」

『你自己不是也抽！』

「妳要我告訴爸媽是不是？」

『好啦！這是我第一次抽。』

「真的？」

『騙你幹嘛啦！』

我想扯開棉被看小妹的表情好判斷她話裡的真實性，但小妹緊捉著棉被，卯起來不肯鬆手。

「為什麼想抽菸？」

『心情煩，想藉菸澆愁。』

「妳哪來的菸？」

『趁你洗澡的時候從你口袋偷的。』

「感覺怎樣？」

『難受得要命。』

「那不會再有下次了吧？」

『嗯，我發誓。』

小妹的聲音有點哽咽，看來我是怎麼也不能放心走開的，於是我打電話給舒寧，簡單的解釋這情況，然後舒寧要我別去找她了，只管好好看著小妹。

「怎麼了？」

『沒事。』

沒事才怪，小妹的聲音聽起來很糟糕的樣子。

於是我輕拍她的頭，又騙又哄的說：

「想哭就在我的懷裡哭呀，抱著哥哥哭總比抱著棉被哭舒服吧。」

所以小妹起身，她靠在我的肩膀上難過的哭著。

〈男人不該讓女人流淚〉，我突然想起很久以前有過這麼一首歌，只是此刻的小妹為何流淚？我沒問，只是靜待小妹釋放完她的眼淚，然後她想說，我再聽。

『我不敢在小強面前哭。』

過了大概半個小時那麼久，小妹才終於停止了哭泣，哽咽的說。

『或者應該說是，我越來越害怕面對他。』

「嗯。」

『一般人都會認為是變心的人背叛愛情的吧。』

「嗯。」

『可是我真的好寂寞，很想找個人說說話，很想有人一起吃飯，很想有人陪著回家，可是我覺得需要他的時候，他都不在。』

「嗯。」

『為什麼我們生活在同一個城市，可是心卻疏離成這樣？』

「嗯。」

『你知道嗎?剛開始我會要他無時無刻想著我陪著我，但現在我只求他每天有五分鐘的時間想著我就好了，但是他卻忙得連五分鐘的時間都沒有。』

「妳想分手嗎?」

『還不想，只是覺得很難過，覺得我們都變了，我們的愛情變了。』

「怎麼說?」

『他知道我寂寞，所以開始把時間分給我，看起來好像是回到從前了，但我知道他其實只是擔心，他過濾我的電話，他探聽我和誰在一起，他終於願意陪我，但我卻越來越想躲開他了。』

「是不是妳想太多了?」

『不是，我都知道的，我們已經回不去了，愛情已經變調了。』

——我愛她，這就是一切承諾的總和。

我突然想起那時候小強曾經這麼堅定的說，那時候他們一定認為自己就是世界上最幸福的人吧。

『好奇怪，我們以前好像很少這樣討論過愛情哦。』

小妹苦笑著，說。

「對呀，妳那時候說什麼也不肯帶那個男生回家給我們看看。」

『大概是從他身上得不到安全感吧！怕你們會發現我對那個男生是這樣的感受，卻又莫名其妙的愛著他。』

「說的也是，妳以前老是愛上那種令妳生氣的男生。」

『你有過那種感覺嗎？愛上一個人卻又不想告訴別人，只想把這份感情當成祕密放在心底，只有你們兩個人能知道，因為你以為別人是不會懂的，或者只是因為太喜歡了，於是捨不得說而已，可是終究辦不到的，因為你們愛得那樣明顯，就算嘴裡不說，但別人就是感覺得到。』

不知道為什麼，我的心跳好像又漏了三拍，這種感覺好像是在無意間，被人窺見了始終不願意承認的祕密。

『我是不是說錯了什麼？』

「嗯？」

『因為你發呆了好久呀。』

「哦……所以呢？妳打算怎麼做？」

『先分開一陣子吧，彼此冷靜的想一想再說。』

然後小妹沉默了很久，最後她怔怔的問：

『我只是真的認為感情終究是會由濃轉淡的，對不對？』

感情終究會由濃轉淡？我不知道。

但我希望不會。

和小妹聊完之後，我突然很想趕快見舒寧一面，於是我一直等到確定小妹終於睡了，換了衣服拿了車鑰匙，馬上就開著車去找舒寧。

到了之後把車停在老位子，抬頭望向窗戶，我想舒寧大概是睡了吧！

但我還是撥了電話，原本只是想和她道聲晚安的，但沒想到舒寧居然還沒睡。

舒寧聽完了我突如其來的念頭，她先是笑著說我神經病，然後問說要不要進去坐一坐？

「好呀。」

雖然我很怕這會遭來她老頭的白眼，但最後還是硬著頭皮答應了。

進去之後才發現原來老頭不在家，而舒寧已經換了睡衣準備要睡了。

『我爸今天值夜班。』

「哦，辛苦了。」

哈！那我就放心了。

嘿嘿！

『可是我要睡了耶，就不招待你囉，走的時候記得要替我鎖門哦。』

「姑娘且慢，」我機靈的馬上摟住舒寧，說：「雖然在下的本意只是來見姑娘一面，但我還是可以捨身陪姑娘一睡的。」

舒寧笑著拍了我一下，然後掙脫我的擁抱。

來見舒寧果然是正確的決定，因為我終於又開始有心情耍白爛了。

於是舒寧把我的鞋子藏進鞋櫃裡，然後領著我走到她的房間，這是我第一次有榮幸一窺舒寧的香閨，我好奇的東張西望，並且還不怕死的四處翻了翻，當我才不解何以舒寧竟然沒有抗議時，原來是她已經上床躺平要睡了。

「別睡呀，我們很久沒見了耶。」

『你也知道很久了呀。』

舒寧還是閉著眼睛，但嘴角有一抹淡淡的笑，我很想親親她，但卻被她推開：

『沒刷牙不准上床哦。』

「那？」

然後舒寧指了指某個抽屜，我依照指示拿了牙刷，乖乖的刷了牙洗了臉之後再回到舒寧的房間時，她已經快要睡著了。

「很累呀？」

『嗯，姐妹們的聚會是很累人的。』

「和舒婷？」

『怎麼可能。』

既然舒寧這樣累，我只好安靜的抱著她，然後舒寧換了姿勢把臉埋在我的懷裡，接著我聽到她規律的鼻息，這倒是我第一次能夠規規矩矩地抱著她睡覺而不騷擾她的。

——你有過那種感覺嗎？愛上一個人卻又不想告訴別人，只想把這份感情當成祕密放在心底……

在快要睡著的時候，我突然又想起了小妹說過的這句話，我想大概是被她害的，平常幾乎不做夢的我，居然做了一個很奇怪的夢，然後我掙扎著醒來，當睜開眼睛的剎那間，我完全忘記剛才到底是夢見什麼了。

也好，反正應該不是什麼值得令人高興的夢。

我慢慢的環顧四周，這才回想起事情發生的經過，下了床，看到桌上留有紙條，確定舒寧是已經出門了。

不忍心吵醒你，走的時候小心別吵到我爸睡覺:)

原來舒寧的字這樣娟秀，我傻傻的看著那字條，突然發神經的感覺到真是與有榮焉，回過神來才想到現在情況危急，因為只剩下我和那老頭在這家裡，於是匆匆的刷了牙並且毀屍滅跡之後，我心裡只有一個念頭——快閃人！

於是我拿走了那張紙條，躡手躡腳的走下樓梯，找出了在鞋櫃最底層的鞋子，這逃跑的過程本來是相當順利完美的，沒想到當我開門時，那該死的手機就在這個要命的時候響起——

我幾乎是用百米跳遠的姿態離開那屋子，一直到躲進了車子之後，才能大口大口的喘氣，然後非常不悅的接起電話，但看到來電顯示時，我的不悅馬上不見。

「怎麼了?」

舒婷的聲音聽起來不太對勁的感覺，而且周圍的聲音非常的嘈雜。

『沒事，只是想和你說說話而已。

我大概聽出來了，是有人一直在敲門。

「為什麼一直有人在敲門?是誰?妳的朋友嗎?妳認識的人嗎?」

『沒關係的，他累了自然就會離開的。』

「是不是騷擾妳的追求者?」

『……』

「多久了?」

『從昨天晚上一直到現在。』

「妳怎麼——」

不知道是不是因為替舒婷很緊張，我居然氣到有點說不出話來。

『我覺得好可怕，所以想和你說說話可以嗎?』

「給我妳的地址，我馬上過去找妳。」

『可是我在台南——』

「現在！」

我自己也嚇了一跳，這好像是我有記憶以來第一次這樣兇別人，而且還是像舒婷這樣的女生。

但是我管不了那麼多，急急忙忙的抄了她唸出來的地址之後，立刻就出發南下。

「他如果闖進來的話，妳一定要馬上報警，知道嗎？」

最後我這麼叮嚀著。

在飆車南下的路上，我突然想到之前陪小妹看的一齣日劇，當片尾曲〈S.O.S〉響起時那個小男生躺在雪地裡的畫面，接著我想起來我究竟是夢見什麼了。

我夢見舒寧打開了一扇門，她笑著對著我說請進，但是當我進去之後，看見的卻是舒婷躺在雪地裡，她臉色蒼白，雙眼緊閉著，而嘴唇凍得發紫，可是嘴角卻漾著一抹鬼魅的笑。

我想我大概可以確定那股不祥的預感是什麼了，而且我感覺到它正要從我的體內蔓延開來。

無法遏止的。

第十三章

我深信人的潛能是可以被激發出來的，因為我老是懷疑自己是不是只花了十分鐘就到了這裡？甚至我有一種好像不是第一次來的錯覺，不然我怎麼會不需要問路就直接找到這個地方？

當然一路上被拍了多少交通違規的罰單，或者是因為胡亂超車被罵了幾聲幹，我暫時是想不到那麼多的了。

基本上我是個愛好和平的人，所以長這麼大倒是很少有過和別人吵架的經驗，但現在我想我不只是和那人吵架，甚至是不是還揍了他幾拳，坦白說我已經有點記不清楚了。

我只記得最後那個人問我憑什麼？而我回答：因為我有保護舒婷的責任。

最好是這樣！最後他說，然後就悻悻然的離開了。

然後我回撥手機給舒婷，告訴她那人已經離開了，接著她開門，從門縫裡探出一顆小腦袋，眼睛裡溼溼的，但是沒有哭出來，她說的第一句話是：你來得好快哦。

她的聲音很微弱，看起來更是虛弱的樣子，教我忍不住要擔心：

「妳是不是一夜沒睡？」

『欸，不敢睡。』

「為什麼要忍呢？」

我還是非常的不能諒解，又想起舒寧曾經說過的：其實我是嫉妒她不用保護自己。

「妳為什麼就不能學著保護自己呢？」

『對不起。』

「為什麼要道歉？」

『……』

舒婷看起來像是受了委屈，但還好她還是沒哭出來，因為我真的是怕極了女孩的眼淚。

察覺到我好像是兇了點，於是我試著緩和了心情，試著擠出一絲的笑容，說：

「我們要這樣一直站在門口嗎？」

『對不起。』

她又說了一次對不起，但這次我比較釋懷了，大概是到底於心不忍吧，也可能是因為想起了第一次在她們家門口和舒婷見面的經過。

於是舒婷打開門，在我脫鞋的同時，她問我要不要喝點什麼？

「有咖啡嗎？」

『泡的可以嗎？』

「好。」

在舒婷泡咖啡的時候，我環顧著這大約六坪的套房，乾乾淨淨的，典型的女生宿舍。

「妳一個人住嗎？」

『嗯。』

舒婷點頭，一邊遞給我咖啡，在接過的同時，我看到了她的床頭有張合照，是一個美麗的婦人牽著一個小女孩的照片，裡頭兩個人笑得很開心。

我看得出來那個小女孩就是舒婷，但那女人？

「妳媽媽？」

『嗯。』

「原來妳長得像媽媽呀。」

『我很喜歡媽媽哦，因為媽媽從小就疼我，可是爸爸把她的照片都丟了，我只能偷偷撿回這一張。』

我有點不知所措，因為舒寧是盡可能的避免談及媽媽，但眼前的舒婷卻說得如此自然，眼底甚至寫滿了思念之情。

妳不怪媽媽嗎？我以為我問了這句話，但沒想到我說出口的卻是：我可以抽菸嗎？

『好呀。』

舒婷拿了一個碟子墊了張溼紙巾充當菸灰缸，我沒想到她居然肯讓我在房間裡抽菸，更沒想到的是，她居然問說可不可以讓她也試試？

我有點為難，怕帶壞了她，但卻又拗不過她眼底請求的神情，於是我把手中的菸遞給她，說：

「只能一口哦。」

『好。』

她接過，深深的吸了一口，經過喉嚨，吐出了漂亮的煙圈，我有點詫異，因為她的動作如此自然，模樣甚至比我第一次抽菸時還出色許多。

「妳真的是第一次抽菸嗎？」

『是呀。』

舒婷不好意思的聳聳肩膀，然後把菸還給我，我抽了一口，又遞給她，我們就這樣一口一口的抽完這根菸。

其實我一直是很反對女人抽菸的，雖然我自己也抽，但總是認為女人抽菸是很難看的，怎麼想都覺得不良，但舒婷卻徹底的改變了我的偏見。

我只能說，她抽菸的神情極具一番特別的魅力，差點就要教我看得入迷了。

「妳真的沒抽過菸？」

我真的很難以置信。

『真的呀，不能告訴我姐姐哦。』

這還用她說，除非是我頭殼壞去了才會說出去的。

我下意識的又燃起一根，我們自然的繼續同抽一根菸，不知道為什麼，我突然覺得輕鬆許多，或者可以說是，有種解脫的自在感，然後我才發現，舒婷始終重複的聽著同一首歌。

「什麼歌？」

『徐若瑄的〈好眼淚壞眼淚〉，我聽了一整夜呢，CD不知道會不會被我燒壞耶。』

「歌詞大概唱什麼？」

舒婷才想說，她的手機就響起了，她先讓我看過來電顯示，是舒寧。

我下意識的保持沉默，大概聽出來舒寧是打來問她昨天晚上找她什麼事？

『也沒什麼啦。』

然後舒寧好像又簡單叮嚀了幾句，她們才掛了電話。

「妳有打電話給舒寧？」

『嗯，本來想問姐姐怎麼辦的。』

我有點後悔，原來是我錯怪她了，甚至可以說是因為當時我和舒寧在一起，所以舒寧才沒接到那通求救的電話；我捻熄了菸，這時換我的手機響起，還是舒寧。

我不知道舒寧本來想說什麼，因為她先是一楞，然後改口閒聊幾句，便掛了電話。

我嘆了口氣，本來是很想再抽根菸的，但最後卻又放棄。

『這首歌……』

「嗯？」

『沒什麼。』

說謊。

我看得出來舒婷說謊，只是我不知道為什麼她要說謊。

氣氛有點僵，於是我只好試著開玩笑：「對了，那男的該不會是妳安排的吧？」

舒婷怔了怔，然後眼淚掉了出來。

我該死！

我慌了手腳，只得抱著她，輕拍她的背，反覆的低聲呢喃著我的道歉。

最後舒婷吸了吸鼻子，擦去眼淚，淡淡的說謝謝。

「嗯？」

『謝謝你趕過來陪我。』

「別——」

『姐姐找你不是嗎？』

我還能說什麼？只好很不放心的要她好好照顧自己，然後若有所失的離去。

離開的時候，我才想起來居然忘記交代舒婷不可以染上菸癮，這好像是我第一次忘記這麼做，但究竟是為什麼？我想我知道原因。

我第一次看見女孩抽菸，不但不會反感，反而覺得那是一種獨特的吸引力。

經過唱片行的時候，我停車買了徐若瑄的這張專輯，回到車上我先拆了歌詞來看，然後我明白為什麼舒婷要說謊。

或者應該說是，我明白舒婷為什麼想聽這首歌，並且無法解除REPEAT鍵。

我一直聽著那首〈好眼淚壞眼淚〉，終於我知道，那股預感不但已經在我體內蔓延，甚至我曉得，我是怎麼也無法收拾的了。

我始終很過意不去的是，舒婷在經歷一整夜的驚嚇過後，都不曾掉下眼淚來，但最後卻因為我的那個幼稚的玩笑話，而怔怔的哭了出來，教我怎麼原諒自己？

突然很想掉頭回去找舒婷，想再向她說聲對不起，想告訴她還是別染上菸癮的好，想看看她是不是好好的照顧自己了。

其實我知道我只是放心不下她，我知道我越來越惦記著她了，無法自拔的。

只是車子已經上了高速公路，已經回不了頭了。

回不了頭了！

當我的腦海裡浮現這五個字的時候，我突然一陣驚慌失措，我只能關了音樂，我感覺到前所未有的煩亂，只好將車停靠在路肩，點了菸，卻沒有力氣抽它，然後我想起舒寧曾經問過的，一根菸有多久的時間？

最後，我感覺到有股冰冰涼涼的液體滑下來。

好眼淚壞眼淚　我都曾為你流

感動和悲傷都是理由
只希望在我不再想你了以後
有好的眼淚慢慢流

詞／嚴云農　曲／伍仲衡

十分鐘後，這根菸燃燒完全。

我很想馬上打電話告訴舒寧這個答案，可是舒寧卻關了手機，那股預感彷彿就快成真了，但我卻無能為力。

目前對方無法接聽電話，請稍後再撥。

目前對方無法接聽電話，請稍後再撥。

有的時候，當感情執意要變質的時候，我們真的想抵抗卻也無能為力。

有的時候，即使不願意說破，但到底是心知肚明的，因為那股曖昧的情愫已然蔓延開來，是再怎麼刻意裝傻再怎麼刻意否認也是沒用的。

因為它太清楚了。

『終於　我敞開了心底的那扇門
怯生生的對你說　請進來好嗎？
我的聲音如此膽怯　於是你誤會那是客套
你禮貌的對我笑了笑　說：
謝謝妳的邀請　但我不能受困於任何地方　請保重
你說　然後轉身離開
你忘了說再見　也忘了留下鑰匙

於是那扇門打不開也鎖不上
叩叩叩　叩叩叩
陸陸續續來了幾支錯誤的鑰匙
但我無法出聲　無法回應
因為我困住了　只能等待一把正確的鑰匙
但那人卻忘了　忘了鑰匙在他身上
終於　我還是走不出那扇門』

然後，我又想起了小妹曾經寫進書裡的那段文字，想起她當時玩笑時的預言。
只是這究竟是為誰的預言？我真想打電話問問小妹，可最後卻又放棄。
再試著打舒寧家的電話，卻同樣無人接聽。
舒寧是感覺到什麼了嗎？又把那扇窗關起來了嗎？

——倒是你，為什麼抽菸呢？

想起舒寧的問，想抽菸，卻發現菸盒裡不知道什麼時候只剩下最後一根菸。

——不可以抽別人的最後一根菸哦　因為那代表絕交的意思呀。

我丟了那菸，開車，回家。

》第十四章《

我一直沒能聯絡上舒寧，她的手機不是無人接聽就是沒有開機，打去她家，那老頭總說最近舒寧好像很忙的樣子，大概是趕論文吧！他好心的替我解釋著。

也曾經想過打電話問問舒婷，確定一下這一切是不是我想太多？是不是我自作多情？但我到底沒有勇氣，沒有確定的勇氣，也沒有面對的勇氣。

於是我只能埋首工作，然後我才發現，過量的工作的確是麻痺最好的手段，小強當時是不是也有這樣的感受呢？

想打電話關心小妹和他後來如何，卻意外的看見手機上有舒婷傳來的簡訊：

——聽著好眼淚壞眼淚，我思考，那麼，有沒有好愛情和壞愛情呢？

怎麼了？我立刻打電話給舒婷。

『對不起。』

她劈頭就說。

『姐姐好像發現了。』

「發現什麼？」

『她借我的手機打，發現電話簿裡有你的號碼，發現通話記錄。』

「然後呢？」

『然後她問我們是不是在一起？』

「在一起？」

『她問為什麼那時候前後打給我們，身後傳來同樣的歌。』

原來舒寧在那個時候就猜到了！這是不是代表著她在躲我呢？為什麼要躲呢？為什麼不找我問清楚，而是找舒婷呢？

是不是舒寧也怕？

『對不起。』

舒婷又說，透過聲音，我感覺到她強烈的自責。

『造成這樣的麻煩和誤會，真的對不起。』

「誤會？」

『你還是比較愛姐姐的吧。』

「那我們是什麼？還是這也是我的誤會？」

終於也到了該坦白的時候了。

『不是的。』

「不是什麼？」

『這不是你的誤會，我是真的真的真的真的愛上你了，而你也有那麼一點點喜歡我的，對不對？還是這只是我的誤會？』

「不是，不是誤會。」

『但我能怎麼辦？除了成為你眼中的灰，除了拼命的回想著和你短暫的回憶，我能怎麼辦？你到底還是姐姐的男朋友呀！』

我沉默，徹底的沉默。

『只是雖然我也明白這個事實，但怎麼樣也沒有辦法停止想要愛你的念頭，於是就傳了這個簡訊給你，對不起。』

「舒婷——」

『不要用這麼溫柔的口氣對我說話好不好？』

「嗯？」

『你知道對一個你不可能愛上的女生溫柔，這對她來說是多大的折磨嗎？』

「我是真的愛妳。」

剎那間，我自己也愣住，沒想到，我竟然可以自然的說出愛這個字來！

『但這卻是壞愛情，對吧？』

「……」

『本來，我只是很高興竟然能夠遇到一個可以放心說話的對象，但是後來我發現越來越不能克制想你的念頭，我無時無刻的想著你，想著你在哪裡，想著你知不知道我在愛你，我每天每天都告訴自己這樣不可以，但是卻又每天每天忍不住思念起你。』

「舒婷——」

『聽我說，聽我好好把話說完，好嗎？』

「好。」

『我長大以後一直沒有流過眼淚，就連那天媽媽要離開家裡了，我也沒有哭，怕她傷心，怕她不放心，但是那天，當我聽到〈迷魂計〉的時候，卻忍不住掉下眼淚來，我真的真的很害怕，因為我真的真的沒有辦法停止想要愛你的念頭，就是連停止思念你都辦不到的，我被你迷魂了，你知道嗎？』

聽到舒婷哭，我知道，我的心也在哭。

『從來我只是羨慕姐姐，可這是第一次，我好嫉妒她，我嫉妒她早我遇上了你，嫉妒她可以擁有你的愛情，嫉妒她累了倦了怕了慌了可以靠在你的懷裡，我真的，好嫉妒。』

「我都知道的。」

『我曾經異想天開的希望，可不可以，你給我三天的時間，給我三天的愛情，我曾經希望時間可不可以就此停住，停在我第一次能夠在你懷裡的那一瞬間，我曾經差點就要脫口而出我的愛情了，但是卻膽小的改口，假裝只是想藉你寫一個故事，但是你知道嗎？我怎麼才能夠平靜的寫出我愛的人愛的是別人的愛情！』

是我的錯，如果第一次見到舒婷，我能堅定的表達我的愛慕，那麼現在結局是不是就不一樣了？

我不知道。

或許舒寧就不會再愛上我，或許她會想要保護自己的妹妹，告訴她，這個男人曾經多可惡的不忠於愛情，而舒婷會天真的笑著說，不會的。

或許……

『可是我真的好痛苦，我第一次這樣確定的愛上一個人，卻怎麼也不能說出口，我真的，好痛苦，但我到底還是忍不住說出口了，我真的很自私，對不對？』

「是我的錯。」

『你知道男人的原罪是什麼嗎？』

「多情？」

『男人的原罪是溫柔。』

——我們是愛人，不是罪人。

我突然想起，有部連續劇裡的男主角曾經這麼無力的吶喊著，最後他還是沒得到那個女子的愛情，而我呢？我卻同時得到兩個女孩的愛情！

是幸運嗎？是痛苦才對。

因為內疚，因為不忍，因為不捨，所以痛苦。

「我們怎麼辦？」

最後，我終於也無力的問。

這是壞愛情嗎？

愛情真的能分好壞嗎？

我決定去找舒寧，無論如何也要找到她，當面談一談。

我拿捏不好我的感情，準備不好待會該說什麼話，甚至無法確定舒寧是不是還願意再見我的面。

我只是很想問問，為什麼一顆心會不能同時愛上兩個人？

怎麼才能辦得到？誰來告訴我？

如果真的就是都愛上了，又該怎麼辦？能怎麼辦？

停車，按門鈴，卻看到她家老爸正準備出門，他沒多說什麼，只是淡淡的說舒寧在樓上，而他要出門了。

然後他就出門了。

上樓，不見舒寧在她房裡，卻看到她在盡頭的那房間，而門開啟著，舒寧背對著我，無聲。

「舒寧。」

我輕輕的喊她，她沒轉頭，只是淡淡的說：『你來了呀。』

感覺好像回到當初相逢時的那個舒寧，哭也無聲，笑也無聲，而我在想，我手中的鑰匙是不是已經過了有效期限？

「怎麼在這裡？」

『這是舒婷的房間。』

「……」

『我怎麼能、再睡那張床？我只要一想到前一刻你還擁我在懷裡，但下一刻……』

「……」

『為什麼偏偏是舒婷？』

我無力回答，除了跟著也落淚，我真的也無力感好重。

〈三顆心四行淚〉，好久好久以前有過這樣的一首歌。

『這就是男人的原罪吧。』

「……」

『永遠需要追求新鮮的愛情，對不對？』

「不——」

『可為什麼是舒婷！為什麼是我妹妹！為什麼要給我這樣的難堪！』

「對不起……」

『我到底還能怎麼面對你們？你來是不是要我選擇繼續愛你的方式？還是你要我清醒的忍痛的放棄你？然後再說一聲祝你們幸福，好表示我的氣度？』

「不是這樣的，我……不是因為這樣來的。」

『我回來了。』

我們同時轉頭，原來是舒婷，她面無表情的凝視著我們，就是連記憶裡那招牌笑臉也不復從前了。

——除非是難過到了極點才會笑不出來的，不過好像從來沒遇到耶。

我想起舒婷曾經說過的，然後我發現原來我的心還沒碎，因為已經破碎的心是不會像現在這樣被揪扯著的。

這不是我們三個人第一次碰面，卻是第一次氣氛如此冷冰的。

或者應該說是痛苦會比較來得貼切些。

『我是不是該迴避呢？』

舒婷冷冷的問。

『怎麼會？這是妳的房間不是？該迴避的是我們才對。』

『你們……說的也是，這是我的房間，而他是妳的男朋友，妳真正想說的是這個吧。』

舒寧哭了，而舒婷仍面無表情，我一直以為舒寧是我們三個人裡最堅強的一個，但我現在才知道，原來我徹頭徹尾的錯了。

舒寧只是外表堅強但其實不堪一擊，而舒婷則恰恰相反。

那我呢？

『還是妳想聽我說，讓給妳吧！這就是妳要的結果，是不是？』

『為什麼要妳讓？因為妳是姐姐而我是妹妹？還是妳只想表現出妳的氣度，表現妳比我懂事？妳從小就這樣妳知道嗎？妳想要的只是優越感而已！』

『我需要優越感？』

『妳知道我在妳的陰影下活得有多痛苦嗎？妳以為我為什麼要執意離家唸書？我故意考差的！反正我的存在對妳來講根本只是陪襯，襯托出妳真的好優秀而已！』

『妳怎麼會這樣想？』

『你們始終不曉得我真正的想法對不對？媽媽會離開只是她的錯？爸爸冷落她沒有錯？妳向著爸爸沒有錯？在這家裡我從來沒有要求過什麼！但你們卻把我唯一愛的人逼走了，為什麼我還要聽你們的話！為什麼我不能說我想媽媽！為什麼連一張照片也不留給我！為什麼我就得跟著你們一起恨媽媽！』

『我們是為妳好。』

『你們什麼都說是為我好！連不讓我見媽媽也是為我好？你們憑什麼這麼自以為是？從媽媽走了以後，我就恨這個家！我就恨你們！』

舒寧哭得好難過，但我卻沒有勇氣安慰她，在舒婷面前，在這種情形下。

『所以現在妳說要讓給我也是為我好？妳到底還要自欺欺人多久？』

『這也是我的錯？』

『是我的錯，怎麼看都是我的錯，妳就是吃定了這一點，不是嗎？』

『我是不想讓妳受傷害呀！』

『妳只是怕輸給我！所以妳不爭取不努力，所以妳說妳讓而不說妳輸！』

『那妳到底要我怎麼做？』

『我能要求什麼？決定權在你們手上呀！我到底只是個第三者不是嗎？還是妳又說這是踏上媽媽的後塵？』

舒寧起身，原來是想打舒婷一個耳光，但舉起手最後卻又放下。

她到底還是捨不得吧。

『妳就是沒有想過我的感受，對不對？』舒寧虛弱的說。

『妳的感受？妳只是怕我就讓妳丟臉而已，因為妳從來沒輸過沒丟臉過！』

「舒婷！」

忍不住，我只能喊住她。

我不知道她們的心結原來這樣深，而我究竟是一個引爆點？或是能作為一個悲傷的終結？

『我只是很想問問你，你說你愛我只是哄我，怕我難過而已嗎？我沒有別的要求了，只是想確定這件事而已，想確定你到底是不是愛過我，只是這樣而已。』

『你對舒婷說你愛她？』

——但喜歡不是愛呀。

——你就是那種害怕承諾的男人吧。

過去與現在的對照，像是一把利刃，同時刺進我和舒寧的心裡。

我們同時沉默下來，沉默在這窒人的空氣裡，最後舒寧淌著眼淚，但嘴角卻漾起一抹微笑，她看著我，定定的說：

『謝謝你，謝謝你曾經說要保護我，謝謝你說要和我一起到老，謝謝你說了那麼多，卻從來沒說過你愛我。』

「不是——」

『我承認，我輸了，是不是還該說什麼妳才會真正相信？說，祝你們幸福可好？』

然後舒寧離開，望著她的背影，我確定，這次我的心，千真萬確的碎了滿地。

第十五章

我無心無緒的回到家裡，把自己反鎖在房間裡，除了不斷不斷的自責之外，我什麼事也沒有辦法做。

——男人的原罪是溫柔。

我想起舒婷的指責。

——永遠需要追求新鮮的愛情，這就是男人的原罪。

然後我想起舒寧的話。

但是親愛的老天爺，是你給我開了這樣的玩笑，而我到底能怪誰？

我摸了摸口袋，卻怎麼也找不到菸，才想到原來在不知不覺中，我竟就這樣戒了菸。

原來要戒一個癮頭，是這麼容易就能辦到的。

原來我戒了花心能得到舒寧的愛情，而戒了菸究竟能得到什麼呢？能戒了思念嗎？或是無底限的自責？

十分鐘，我想起一直忘記告訴舒寧這個答案，而我欠她的豈會只是這一個答案？我好想好想告訴舒寧，我欠她的，還有我愛妳這三個字。

但我怎麼還有勇氣再找她？再無辜的祈求她的諒解？

我又怎麼對得起舒婷？怎麼告訴她，我怎麼可能會只因為哄一個女生於是說出我愛妳？

我一直害怕著，但到底還是發生了，這擦槍走火的愛情。

電話響起，是舒寧，我原是想告訴她，我真的真的是愛著她的，可我卻說不了口，因為舒寧要我替她送舒婷到車站。

妳真的做出決定了嗎？我們就到這裡為止了嗎？我好想問問舒寧。

『最後幫我這個忙好嗎？』

「舒寧——」

『我沒告訴舒婷，但你直接來我們家找她就可以了。』

「舒寧！」

我聽見舒寧的語氣裡有些哽咽，但她卻馬上掛了電話。

妳又要躲起來了嗎？

只能這麼做了嗎？

到她家之後，按了很久的門鈴，才有人來開門，是舒婷。

「我來……送妳去車站。」

『是姐姐要你來的吧。』

「……」

『等我一下好嗎？』

然後舒婷拿了背包再度出現我面前。

開車。

『我真壞，對不對？』

「別這麼想好嗎？」

『但我不後悔說出那些話。』

「……」

『就像我不後悔愛上你一樣。』

「我不是為了哄妳才說我愛妳的。」

『這樣就值得了，不管我到底能不能得到你的愛情，只要知道你是愛過我的，這樣就值得了我愛你的。』

「我送妳到台南吧。」我說。

一路上舒婷時而睡著，時而醒著，但我們沒再說過任何的話。

因為心亂。

到了目的地之後，我輕輕的把舒婷搖醒，而她揉了揉眼睛，待完全清醒之後，嘆了口氣，說：

『進來坐一會好嗎？』

「……」

『應該是最後一次了吧，是不是？』

於是我跟著進去，下意識的先環顧四周，想確定舒婷後來有沒有再抽菸，還好，我只看見上次留下來的那兩根菸蒂。

『喝什麼嗎？』

我搖頭。

『我打開窗戶可以嗎？』

「好呀。」

然後舒婷獨自坐在陽台吹著冷風，我看了看錶，這好像差不多也是我們第一次見面的時間；夜裡的風還是有點涼，我看見舒婷打了個哆嗦，便問：

「要不要加件外套？」

她搖頭。

「那我的外套給妳穿？」

『好呀。』

舒婷淡淡的笑，然後我跟著也坐在她身邊，我們肩並著肩。

『你有沒有看過〈紅玫瑰與白玫瑰〉？很久以前的國片了。』

「沒有欸，演什麼？」

『演什麼我倒也忘了，只記得有一幕，是女主角偷偷到男主角的房間裡，她穿著他的大衣，眷戀的嗅著上頭他的氣味，然後撿了根他抽過的菸屁股，放在嘴裡嚐著，回憶著他抽菸時的神情。』

舒婷彷彿自言自語，她不等我接話，又笑著說：

『好奇怪，那時候我還小，也看不懂那劇情，但就是對那一幕印象好深刻。』

「妳喜歡看電影？」

『嗯，姐姐習慣在家裡看片子，但我總是等不及就先跑去電影院看了，我什麼都看哦，連國片也看的。』

「妳的朋友也看國片呀？」

舒婷用力的搖頭，說：『我通常都一個人看，這樣比較好呀，自由點，也不用擔心對方是不是勉強的陪著看，而且想哭就哭，想笑就笑，也不怕尷尬。』

我突然想到其實舒婷才是最寂寞的人，她始終寂寞著，始終等待著一個也懂她的人。

而我懂舒婷嗎？我想我是懂的。

比我懂舒寧還要懂。

『記不記得妳說過？用三天的時間，我們談一場戀愛？』

舒婷吐了吐舌頭，笑得更深了些。

「可惜我要工作，先兌現一個晚上可以嗎？」

『你要留下來陪我？』

「嗯，不過妳放心，我不會對妳伸出魔爪的。」

『我才不怕你呢！』

「不過妳真的成年了嗎？」

『過份……』

我們時而說笑時而沉默，感覺如此自然。

一直到最後舒婷忍不住睏，靠在我的肩上睡著了，於是我將她抱起放回床上，然後我靠在她的床沿，跟著也睡著了。

我不知道我睡了多久，只是當我醒來的時候，舒婷正坐在床上喝著咖啡，她身上還披著我的外套，然後微笑的凝視著我。

『你醒啦。』

「幾點了？」

『快十二點囉，你好會睡哦。』

「就是呀。」

我伸了伸懶腰，這樣趴著睡了一晚，真的是會把我累死。

我現在只覺得全身痠痛。

「妳醒多久了？怎麼不叫醒我？」

『捨不得呀，你睡覺的樣子好像小朋友哦，看了不忍心吵醒你呀。』

「真是的。」

『你有做夢嗎？』

「應該沒有吧，為什麼問？」

『因為你的眼皮有時候會輕輕跳動著，我還以為你是夢見什麼了呢。』

突然的，我又想起了那個夢，只是我現在知道了，其實夢裡的舒寧是舒婷，而舒婷是舒寧才對。

為什麼會這樣想？坦白說我也說不上來，就是一個感覺吧。

『你要不要刷牙？』

「嗯。」

然後舒婷起身下床，拿了一根牙刷遞給我。

當我再走出浴室的時候，她臉上的笑容已經褪去了大半。

「怎麼了？」

『沒，只是有人傳訊息給你，好幾通呢！好像還在傳的樣子。』

我接過手機，是舒寧。

我怔怔的看著那上頭的訊息，難過了好久。

——我想你大概沒發現　你有包抽了只剩一根的菸在我這

——一直以為菸是臭的　但剛剛　我抽完了那根象徵絕交的香菸

——才明白　其實菸是苦的

——其實你忘記帶走的哪裡只是一包菸

——你忘記帶走的　還有我暫時收不回來的愛情

望著手機，我等著，等舒寧再傳訊息來，但那手機卻要命似的靜止了，我只能望著最後的那行字，說不出任何的話來。

『是姐姐吧?』

我點頭。

『去找她吧。』

「嗯?」

『你還沒告訴她，你愛她不是嗎？』

「對不起。」

『嗯？』

「不能夠好好的愛妳，對不起。」

『知道嗎？這不是壞愛情。』

舒婷輕輕的笑著，臉上再度出現那種「請放心，我沒問題的」的笑容。

『外套可以送給我嗎？』

「嗯？」

『還是算了……』

「沒關係，妳想要的話就留著，好嗎？」

『可以讓我最後任性一次嗎？』

「嗯？」

『我好想再聽你說一次愛我。』

「我愛妳，真的，我愛上過妳。」

『謝謝你，再見。』

舒婷最後說。

在開車前往找舒寧的途中，我突然回想起我的這一個人，還有我的這一生，想起在我的生命裡出現過的每個人，然後我想起來，我好像還欠了他們很多的對不起，還有我愛你。

我已經把我最深沉的抱歉道出了，而現在，我想將我最真摯的感謝道出，我想告訴舒寧，是的，我愛妳。

謝謝妳讓我知道，原來我真有愛人的能力。

不知道還來不來得及呢？

The End

≫特別收錄≪ 文字以外的橘子，和你們

過程

總是要經過一番椎心的痛之後，我才能夠想透
失去你，並沒有我想像中的可怕。
當然我也希望能夠直接的想透，不用椎心的痛
但那不可能，真的不可能
因為所謂的過程，就是這麼一回事。

橘子 at 無名小站 於 03:49 a.m. 發表

我還是沒法看透，縱使我已經快要失去他近一年
他的所有所有，我依然清晰可見
在回憶中

這，所謂的，過程
究竟
要用多久
才能看得
透

第一個耶……呵呵

我失去他快近一年了
還是沒法忘記
從前的點滴

Syzetano 於 July 16, 2007 05:19 a.m. 回應

縱使他已經不愛我
我不知要怎樣看透
也不知道
需要多久才看得透……
心……傷……

Syzetano 於 July 16, 2007 05:22 a.m. 回應

過程 曾走過
卻忘記不了
但在其他人眼裡
或許只是條小路
被忽視掉

justekil 於 July 16, 2007 11:51 a.m. 回應

人總是會不捨得一些東西
才知道應該要放下

曾經走過 才知道那種痛
人就是這樣

羽 於 July 16, 2007 08:50 p.m. 回應

放不下的就是放不下，
即使已經知道失去了，
是人類的天生悲哀，
也是人類才有的情感；
也因為這樣，
傷痕累累的由來。

kanasimi560 於 July 18, 2007 07:14 p.m. 回應

過程，總是不經意的發生，
我們經常把好的留在心底，
把不好的放在生活上，遺憾。

terry7582 於 July 22, 2007 01:49 p.m. 回應

好像要經過那刻苦的痛後
才會成長似的……
而那記憶中的影子卻是如此的
難以抹去……
期望最後遺留下來的
都是曾經的美好……不帶一絲絲的苦澀

n1223200l 於 July 22, 2007 08:04 p.m. 回應

過程……真的就是這個樣
有好有壞
才會刻骨銘心
把美好的過程留在心中
把不好的過程丟給過去式
失去，才會有下一個開始。

METV 於 August 2, 2007 12:13 p.m. 回應

或許是因為執著過、認真過
所以才不容易想透吧
可是重新開始，或許就該放下，
這過程……心再痛還是得過。

v50535 於 August 3, 2007 09:24 p.m. 回應

有了失去的過程，會更懂得擁有，
很深的體悟。

越難得到的就越會去珍惜，例如一段沒有結果的愛情。
嘖。真複雜！

jessie50333 於 August 6, 2007 01:54 a.m. 回應

當下失去真的很痛苦，
很多人都說時間可以沖淡一切，
但我卻發現，

時間只會讓傷口越來越清楚，
記憶越來越清晰，
除非……再度遇到對的人。

best90722 於 August 6, 2007 10:06 a.m. 回應

過程，通常又痛得死去活來。

e840128 於 August 6, 2007 11:12 a.m. 回應

如果失去是種成長，
總是會希望：
希望這一次是最後一次，必須茁壯堅強了。

小米

hsu4ever 於 August 6, 2007 03:39 p.m. 回應

很喜歡這段話，因為橘子道出了我的心聲，

但是所謂的過程什麼時候才會走完？
有時候我以為自己走過了，
可是，走過究竟是什麼？
看得開，放得下，就是走過嗎？
我不懂……
笨笨的兔給橘子添麻煩了:(

小兔 於 August 6, 2007 06:54 p.m. 回應

嗯
啊
每一個人都要等到失去了
才懂得要珍惜
我也是其中一個
最後才再後悔
都已經來不及了……

s1993l205 於 August 6, 2007 07:02 p.m. 回應

人
奇怪的動物
擁有比其他動物更好的頭腦
永遠無法把握當下
總是失去了
才知道要珍惜
不知有沒有真心想過
在當下和失去之間
的種種點滴
或許才是我們該注意的⁉

jeaning1 於 August 6, 2007 09:20 p.m. 回應

過程～～
不能否認你在我心中狠狠留下一個痕跡
只是，現在要把你漸漸放下
慢慢學會遺忘，學會平常心

告訴我自己，這一段將會是我美好的回憶
讓我想起會微笑流淚的回憶
真的捨不得，你永遠不會知道的

KIKI 於 August 6, 2007 11:56 p.m. 回應

過程，最終變成回憶，
可以美好，可以痛苦。
如果將它設定成痛苦的回憶，
最後被束縛的是自己，
兇手也是自己。
對看待一件事情的操縱者，就是自己。

ting 於 August 7, 2007 02:43 p.m. 回應

如果不用痛，那我想我大概也不會害怕失去了吧

可就是因為那不可能，過程就是這麼一回事
所以才會有愛過的感覺吧我想，且沒過程哪來的結果。

渝 於 August 8, 2007 12:40 a.m. 回應

就算結果還是一樣
可是有刻骨銘心的經過
有椎心刺痛的過程
應該會讓最後的結果更加的深刻吧~！
因為所謂的過程，就是這麼一回事。
很同意的說（大力的推）

lovejou 於 August 9, 2007 09:41 a.m. 回應

假裝

假裝愛一個人很容易
假裝不愛對方卻很難

by《My girl》

最近我常想起去年的韓劇《My girl》裡頭的這段台詞。私底下我的性格接近《My girl》裡的女主角，像到當時主編看到我的小說改寫稿時還一度誤會我這是在寫自己。

私底下我很愛說謊但無傷大雅，通常只用於開個玩笑，或者懶得深入回答的場合，我會說個小謊簡單帶過；說個小謊、即興編個故事、而且還把細節構足以假裝它很真實，這對作家而言是再容易不過的事情，在《對不起，我愛你》裡，我曾經這麼寫道過，而確實我是這麼認為的沒錯。

《My girl》裡的女主角遇到了個豪門小開，談了場酸甜辛苦的感情，不過現實生活中的我，倒是完全沒有想要嫁進豪門的渴望，我甚至對於所謂的上流社會並不抱持任何的好感，要去熟記名牌、跑趴比美真的十分累人；我其實對於太過刻意的浪漫也總會感到十分吃不消，雨中彈吉他，生日送鮮花，飯吃一半還捧著我的臉深情款款來幾句那種，我完全性的吃不消；打個不恰當的比喻好了，舌吻和擁抱比起來，我其實喜歡後者。

我不太明白普通認識的朋友為什麼常常先入為主的把我歸類為這樣的女生，我猜那大概是和我寫愛情小說於是想必熱愛浪漫的刻板印象有關，或者我太過於熱衷亂開玩笑的這事也要負點責任。

我其實很困擾我給人的感覺和我的真我落差太大。

我想起這幾天他問我理想的伴侶，我回答了什麼其實已經有點忘記，不過我記得很清楚的是，當下我腦子裡立刻浮現的，是以前公司的一位美編弟弟還有他的女朋友，每天他們會共進午餐，短短一個小時的午餐，女生搭兩段公車過來，或男生騎機車過去，為的只是共進午餐，每天每天；這在當時的我聽來十分的不可思議，因為我很懶，而且其實我更愛朋友，換作是我的話，大概一個星期只願意這麼做一次吧；不過後來我反而覺得羨慕，他們倆並不是那種熱愛在公開場合卿卿我我型的情侶，在我自己看來，他們反而比較像個人生裡的伴侶。

我羨慕那樣子平淡卻真實的幸福。

細而微小的幸福。

因為巨蟹座朋友很多的關係，最近馬不停蹄的幫朋友過生日，也於是在散場回家之後，我忍不住的也問了自己關於許三個願望的問題。

第一：我希望就在今年能遇到我對的那個人，因為我真的厭倦一個人了，並且，他最好是個高大的帥哥，我承認我熱愛高大的帥哥。

第二：我希望我的情緒問題不再困擾自己也困擾朋友家人，健健康康，平安老掉。

第三：書。更。賣！

橘子 at 無名小站 於 08:42 a.m. 發表

或許每個人的表面和真我都有點差距吧

老實說

我也一直為了這個問題困擾呢（皺眉）

＞＞ 第一次來這兒
喜歡橘子的所有作品……
橘子加油。

escapist 於 June 24, 2007 10:16 a.m. 回應

我羨慕那樣子平淡卻真實的幸福。
而我擁有過。也失去了。
所以，我不厭倦一個人。＞_＞
而真我與給人的感覺，是氣質與職業給人的直接觀感吧。
差異當然會有一點囉。

ivan4027 於 June 24, 2007 10:41 a.m. 回應

我也快到該許三個願望的時候了。
快滿二十歲了。
一直以為這是個人生的轉折點。
和橘子的第二個願望有些雷同。

我也常常被自己的情緒困擾著，
甚至，傷害到別人。
真是……覺得很抱歉又無奈。

baby202313 於 June 24, 2007 11:38 a.m. 回應

果真是個不折不扣的作家
三個願望還是有一個書大賣
:)

keusny 於 June 24, 2007 12:13 p.m. 回應

看到「假裝」這兩個字，
腦袋第一個浮現的是蔡依林的同名歌曲〈假裝〉。
哈。
不管是什麼樣的類型什麼樣性格的角色也好，
作者的個性或多或少其實都會出現在自己筆下的角色裡，
即使那可能只是一點點。

《My girl》真的是一部不錯的劇集。

洛希 於 June 24, 2007 12:59 p.m. 回應

嗯。大概常被自己的情緒影響
《My girl》我看了三、四遍了吧！
看到劇情片段都記起來了
不過是部好看的劇集。

姚 於 June 24, 2007 01:19 p.m. 回應

在橘子書的系列裡
其實我只鍾愛對不起系列
因為這系列的書……讓我感覺到作者想表達的內心世界
或許我又在自以為是了＞_＞

牛奶 於 June 24, 2007 02:27 p.m. 回應

在人眼中的自己
也許只是只是一小部分的

也許每個人都有好幾面
每次看到感情很好的老公公跟老婆婆都會很羨慕
我想很多人要的只不過是那種平凡的幸福吧！（笑）
我也挺愛的！哈！

sunandrain 於 June 24, 2007 08:03 p.m. 回應

感覺像雙面人 :p
這算是把自己藏起來的方法嗎？
用假裝把自己藏起來……

*啊屁 於 June 26, 2007 03:36 a.m. 回應

是啊！簡單的兩個字，卻是我難以承受的煎熬
假裝！偽裝?!好累，好辛苦，好折磨人
但我們都無能為力卻只能繼續「假裝」

kiki 於 August 5, 2007 11:37 p.m. 回應

假裝
假裝
假裝
看完橘子姐的這篇
才發現原來我一直在假裝
假裝我很好、假裝我很堅強、假裝我不在乎……
但終究還是掩飾不了心底的脆弱……
幸福快樂不能假裝
而平淡卻真實的幸福才是真的:)

霈霈 於 August 6, 2007 09:43 a.m. 回應

是你讓我認識橘子系的書，我們的曖昧開始發酵
雖然現在很難讓你放下她，但是我假裝得很辛苦
假裝對你的不在乎不喜歡卻很喜歡很喜歡你呀~
說好了，要把一切可能的機會留給以後的日子~
要當彼此的好朋友（轉圈）！要快點捏==（淚）？

靜靜的祝福你，即使以後不再相遇
還是希望你能幸福……（遠目）

P.S. 謝謝讓我認識你，還有橘子書（開心）

陪著你欖K…於 August 6, 2007 11:25 a.m. 回應

假

裝……或許是因為某些因素
但最後剩下的
還是殘破不堪的自己
能夠表達感覺是種幸福唷！
還有還有……
橘子姐以上的願望一定能夠實現的
有那麼多的人在支持妳
一定會的。

METV 於 August 6, 2007 12:34 p.m. 回應

橘子所有的書
我都非常喜歡
目前打算每本都買下
超愛的！

s19931205 於 August 6, 2007 07:05 p.m. 回應

我記得我曾經在朋友的網誌上聊過
當我們長大了
很多事情都不見了
不再純真
不再自己
因為已經長大了
所以要顧慮到很多事！
不能再任性的衝動做事
因為天塌下來沒有人會幫你擋著
所以

我們要變成別人眼中的『人』
雖然，可以保留一點點的『我』
可是，卻成全別人眼中的『你』
阿咧～好像有點離題了吼！哈！

tina90530 於 August 8, 2007 01:55 a.m. 回應

舌吻和擁抱比起來，我也比較喜歡後者。

zen11103 於 August 9, 2007 11:21 a.m. 回應

以前也曾經擁有
那每天幾分鐘的幸福
就算多累多遠風多大
那種感覺
很單純

十字路口 於 August 10, 2007 02:27 a.m. 回應

感情止損點

若干年前，當時我年幼無知，初入社會，時空背景是股市上萬點，而當時有小小的穩定收入，並且在吃喝完樂之餘還有那麼點小閒錢；於是小小年紀就愛錢貪財的我，心想要是錯過這個美好的股票時代豈不有辱家門？

懷抱著擁有一百塊只是擁有一百塊，把一百塊變成無數個一百塊才是正點的天真心態，我聽了幾支股票的名字，沒多想也沒研究的就把閒錢投入進去。

接著不久之後，股市不再美好，它直直直直的落；我的一百塊真的不再只是一百塊，而變成一張壁紙，我表面慶幸我參與過股市的美好時代，我心底則打死不再投機。

但其實這些都不是重點，重點是若干年後我聽到個理財專家說了一個字眼，它整個讓我恍然大悟。

止損點。

然而，因為我不是理財專家的緣故，於是怎麼解釋這個字眼對我而言難度很高，不過確實我把這觀念運用在我的寫作裡。

當我開啟一個小說，我打從心底想要將它完成，而果真我也寫到了若干進度，然後接著，因為某些有的沒的，我寫不下去了，我卡住，我搥心搥肝，怎麼的就是再也搥不出任何一個字，甚至是一個標點符號時，我想起止損點這字眼。

於是我將那或許已經上萬字的未成形小說放掉，止住，雖然心痛那些已經花費在上面的時間還有力氣甚至是咖啡錢，然後聽著李聖傑的〈手放開〉，試著好豪邁的告訴自己：是的沒錯該收手該放開了，它只是我人生中的一部小說，我努力了我盡力了，但我寫它不完，我們沒有緣份，它很好，我很好，只是我們不適合。

接著在若干程度的沮喪、自我懷疑、亂發脾氣、歇斯底里的過程裡（謝啦！我的家人及朋友），我慢慢的新陳代謝，慢慢的讓自己澄靜，慢慢的醞釀出下一部作品。

止損點。

而我只是在想，其實感情和寫作真的很像，當我愛上一個人的時候，我付出，我努力，我討好，我退讓，我甚至巴不得把心整個掏出來讓對方瞧瞧——當然這是開玩笑的，心就讓心待在它該待的位置，別隨便掏它，聽話，乖；然而，對方膽怯，對方逃開，對方含蓄而又溫情的表示：我們真的不適合時，這個時候我明白，好了夠了可以了，也該是感情止損點的時候了。

橘子 at 無名小站 於 12:35 a.m. 發表

嗯……沒錯～只是有多少人真的可以做到止損點呢？
我想，這也是我們需要繼續努力去做到完全的止損點！
^_^

momoko_mei 於 June 22, 2007 01:13 a.m. 回應

感情的止損點真的並非每個人都能控制好，有時候好難好難……
但我終將要學會它，心真的還是別輕易掏出……
雖然那也不是我能控制的……（泣）

涼ryouko 於 June 22, 2007 01:46 a.m. 回應

掏心。
停損點不只愛情，只有後面有帶情字的都該有個停損點。
但嚴格來講。愛情的停損點最難以把持。
所以，索性。在邊際效應開始時，就停下其效應。
更何況。還不夠有資格。

ivan4027 於 June 22, 2007 09:07 a.m. 回應

我也需要一個止損點～
但我總是將這個點無限延長～～
唉！

靜 於 June 22, 2007 11:35 a.m. 回應

恍然大悟
我想我也需要感情的止損點

瞳 於 June 23, 2007 03:57 a.m.

停損點。好個停損點……
唸商那麼久，從未把它放在感情中～
於是，我的感情沒『停損點』。
若每個人都懂『停損點』就不會有人在股票市場中，賠那麼多，甚至認賠出場；
相同的，若每個人都懂『愛情停損點』，這世上就不會有那麼多被情所傷的人了……
但愛情沒停損點的人，才算真愛吧！這點，我很堅持。

Queen艾 於 June 23, 2007 03:55 p.m. 回應

看到止損點，
想到之前看《華麗一族》
裡面有很多金融方面的專有名詞，
都要腦子很清楚的時候看～
不然那些名詞就像會催眠似的。
讓人好想睡～。

joyying 於 June 23, 2007 06:12 p.m. 回應

放開……是勇敢開始下一次的旅程！
感情的止損點……停留著……是因為開始留戀了……

eden10402 於 June 23, 2007 06:22 p.m. 回應

原來……
原來是我不懂在止損點時放手
一直相信總會有谷底反彈的時間
才讓一切美好徹底崩盤

卻在失去後，忍不住還是想念：(

chufan 於 June 24, 2007 03:13 a.m. 回應

在基金裡面叫停損點～
想不到這個詞也可以用在人生中
好感慨的感覺
也感覺得出來有多無奈
或許這就是所謂的「嚇跑」吧～
並不是每個人都可以接受這樣無止盡的付出
可能只是想「玩票」可能是「大男人心態作祟」
不管怎樣
為什麼我就遇不到這樣的女人
當我一直付出的時候，我卻遇到一個只會逃的女人！
不管大吵小吵只知道說分手，完全不想解決方法
當出現了一個對他百依百順的人
倒是分得很乾脆～

呵……當癡情人遇上玩家……結果就是沒結果……
好一個止損點～

牛奶 於 June 24, 2007 02:20 p.m. 回應

我喜歡妳這麼說……
也喜歡妳解釋一切為上帝禮物的用詞……
還是一句……我喜歡妳

Jesus520Qmas 於 June 24, 2007 11:46 p.m. 回應

是說
適時的放掉些什麼
才是對的囉？
這樣的話
也的確是吧
畢竟當愛一個人愛到很深卻還是無法讓他回頭多看我一眼
真的是要放開手吧

榛果

vacancy78 於 June 28, 2007 07:26 p.m. 回應

新陳代謝啊，
聽起來好像很簡單，
但是做起來，有點難。
止損點，該在何時何地去動用到這三個字？
難。
by楓

maybiloveyou 於 August 6, 2007 12:55 a.m. 回應

感情止損點
該放手就該乖乖放手，是嗎？

霈霈…… 於 August 6, 2007 09:45 a.m. 回應

原來愛真的需要兩個人的火花，

一旦錯過了……就剩過去了
應該讓愛他的心變成祝福他幸福……
通常都做不太到
因為給他的愛是自私的（攤）

・V・ 於 August 6, 2007 11:31 a.m. 回應

每當到了止損點的時候
就是該從頭來過的時候嗎？
要先學會放手才能摸到天空
真的是這樣子的嗎？

maple0904 於 August 6, 2007 03:16 p.m. 回應

我覺得
愛情的止損點
很難做到……
就算已知道不適合

但還是對對方難以開口……

s1993l205 於 August 6, 2007 07:07 p.m. 回應

止損點……
或許算是人生的休息站
休息到底是否是為了走更長遠的路？
為何總是在休息站和道路間徘徊？
我們真能說放棄就放棄嗎？
要學會放手
或許……
真的沒那麼容易……

jeaning1 於 August 6, 2007 09:25 p.m. 回應

恍然大悟，對！就是這感覺
別騙自己了。我們太像……都離不開他們
我們的關係是建立在什麼樣的感情上

都自私吧，無盡的慾望～
可笑的是……我卻任由它一再發作！
這個止損點，該如何設，我真的慌了。

KIKI 於 August 7, 2007 12:48 a.m.

好了夠了可以了；我懂了，這感情的止損點。

zen11103 於 August 9, 2007 11:25 a.m.

懂得

懂得和自己的情緒相處，誠實的接受，是個重要的人生課題

以前，覺得害怕覺得焦慮覺得不安覺得失望時，我會亂發脾氣，沒頭沒腦的，暴躁無理。

於是，我失去很多朋友，我其實後悔，但我終究逞強沒說，我以為那叫灑脫。

後來，我學會深呼吸，聽輕音樂，把動作緩慢下來，或許吃顆藥，或許抹地板，或許整理衣櫃，或許垃圾分類。

然而，當這些自救依舊緩和不了壞情緒時，我選擇誠實的面對，正確的面對。

或許，傳通簡訊簡短寫道：我現在很害怕。

我的人生比我預期的好很多，好太多，但我還是會沒道理的突然感到害怕，我不明白為什麼，但我明白我害怕。

或許，打通能夠陪伴著瞎扯淡的朋友電話，聊聊生活裡的瑣事，說說別些人的壞話，讓浮躁的情緒，一點一滴沉澱

或許，找個同樣壞脾氣的姐妹，上餐廳，當奧客，嫌這嘖那；在街上，兇推銷員，擺臭臉；不用擔心這些陌生人會討厭我們。

因為有的時候，被討厭其實沒有所謂，只要有朋友理解這並不是完全的你，就可以。

懂得和自己的情緒相處，誠實的接受，是個重要的人生課題。

而，沒有誰，會是一開始，就學會。

橘子 at 無名小站 於 01:40 a.m. 發表

當你需要我，請告訴我。

靜

j5i2n0g 於 June 2, 2007 02:11 a.m. 回應

這篇文章對現在的我
很有感覺（笑）
我現在正面對著情緒的問題
以及說與不說的問題……（微笑）

slm620 於 June 2, 2007 08:55 p.m. 回應

跟自己的情緒當『朋友』！
這朋友有時讓人覺得又愛又恨
每次想正視他時，往往都會被他所影響
現在，真的得慢慢的學著『懂得』

唐小鴨 於 June 2, 2007 10:20 p.m. 回應

橘子姐

來看妳了 :D
說得真好……曾經我也犯過一樣的錯
引用囉 ＝）
橋

WeiOrange 於 June 3, 2007 09:24 p.m. 回應

嗯，至少妳不是孤單的
跟情緒相處真的很重要

羽 於 June 3, 2007 11:39 p.m. 回應

我也是這種壞脾氣
每個好友都要容忍我
我在想，我要什麼時候才會學會寬容跟大度量？
朋友一個個失去，老是覺得不在乎
其實到頭來都錯了。錯得很離譜 :]

啊屁 於 June 7, 2007 09:06 p.m. 回應

我身邊的水瓶座朋友最討厭我常為芝麻小事而動怒～
但這是真實的我～
我沒有反駁，只是在那段沉默的時間～
懂得找回原本平靜的心～
靜下來～好像真的懂了～
在找回寧靜的心情之後，我反而能寫更多文章～
P.S. 希望此篇回應不會有點屬於個人的抒發～而只是針對文章所提出的觀點喔～

boncat619　於 June 8, 2007 05:16 p.m. 回應

啊～我就是任性耶
不過會機制性的任性（吐舌）
懂得妳的想法
就讓自己淪陷

・V・ 於 August 6, 2007 11:33 a.m. 回應

『懂得和自己的情緒相處，誠實的接受，是個重要的人生課題。』

是呀！
我也是個喜歡生悶氣的人
常常因為某些小事
或者是有事沒事就愛生氣
但情緒控制本來就不是一開始就會了
不過認真想一想
其實也沒有什麼
只是自己太欠缺思考罷了……

METV 於 August 6, 2007 12:54 p.m. 回應

軟弱本身就存在，只是我們一直不讓他出來。
直到我們累了、倦了、認了、夠了才去面對他。
為什麼不在自己堅強的時候面對？
因為我們還沒學會，怎麼去面對。
哦哦_現在我也會像橘子一樣呢 :)
以前還會硬逞強、裝堅強，哈。

只是現在覺得，
不是懂得軟弱就代表不堅強。
橘子的書真的好好看，
有種很自在的感覺 :)
加油。

irene0767 於 August 6, 2007 01:15 p.m. 回應

軟弱一直都存在
只是我們找不到可以讓我們膽小懦弱休息的地方
橘子姐　好久不見呢 :)
By　樂

maple0904 於 August 6, 2007 03:29 p.m. 回應

橘姐姐，
真希望我也能像妳這樣……
我總是很害怕失去友誼。

害怕失去朋友。
他們是我的一切。
可是好像常常他們都會犯我死穴，
我一直很想跟他們說清楚卻害怕他們說我變了。
我總是忍著忍著……
如果哪天，忍不住了怎麼辦？

starlet 於 August 6, 2007 04:49 p.m. 回應

我的脾氣也不是很好
朋友們都得容忍我
真感覺對不起他們～～

s19931205 於 August 6, 2007 07:00 p.m. 回應

說得好
我也曾為自己的情緒而煩惱過
畢竟有時會牽連到對方，甚至進一步傷害

漸漸地，會發現這樣下去不是辦法
雖然還無法完完全全控制
卻懂得去用不同途徑來和自己情緒相處
橘子姐寫的這篇
再度讓我們知道接受自己的情緒 :)

shia 於 August 7, 2007 09:38 p.m. 回應

我也曾經因為自己的情緒
而與周遭的朋友不和
就像橘姐說的
要接受並改善自己的情緒
現在跟朋友們又和好
我會好好珍惜
畢竟好朋友是一輩子的 :)
By Maize

nonahaha 於 August 7, 2007 11:32 p.m. 回應

啊，說得很好呢
或許朋友有好有壞
看個人吧
我曾經失去過朋友
卻又擁有了一份難得的友誼
緣分作祟嗎？
因為我的情緒我覺得不好
但是朋友卻容忍我的任性，
真的很感動，
不過，我也該管理我的情緒了（嘆）

shelley3 於 August 8, 2007 10:13 p.m. 回應

懂得和自己的情緒相處，誠實的接受，是個重要的人生課題。
那之前還沒學會這道理而失去的朋友，那時的我多蠢。
而現在既然懂得，那就誠實的面對，說聲對不起。

zen11103 於 August 9, 2007 11:33 a.m. 回應

看著橘子的文字，總會讓我感同身受的說：「對啊！我也覺得！」
很棒的感覺，能夠找到懂自己的人的感覺真的很棒喔。
有的時候快要控制不住自己的情緒，我會選擇沉默。
我想這樣至少比和對方破口大罵來得好一些吧？
冷靜思考後，再想下一句該說什麼。
其實方法有很多種，
只是看你願不願意去做。
橘子寫的故事真的很棒>_>

ccmk60135 於 August 10, 2007 12:48 a.m. 回應

我也是耶……
只是我都太在乎朋友……所以導致自己都很傷
也導致大家遠離我……現在的我比較沉默了……
很喜歡妳的作品……加油喔……

sky246 於 August 10, 2007 09:30 p.m. 回應

自己也是這樣子的一種個性。
以前也常常因為情緒不穩而說話傷到別人
也常常莫名其妙的感到不安
擔心自己的言行舉止會不會被批評。
但現在 我只想要做自己
只要不影響別人的範圍裡
我不想在意別人的眼光和批評。

Ivy 於 August 11, 2007 01:15 p.m. 回應

對呀！沒有誰一開始就學得會的！
呵呵！
人生就不過是如此！
雖然我覺得我的個性也很糟糕
但是已經慢慢學會了！

suemiin820 於 August 11, 2007 07:25 p.m. 回應

先讀為快

愛情天后橘子 年度代表作

寂寞美學三部曲《我想要的，只是一個擁抱而已》
繼《妳在誰身邊，都是我心底的缺》之後
再一寂◦寞◦極◦致

如果　你我之間　只剩下一分鐘的最後
那麼　我想要的　真只是一個擁抱而已
或許　如果可以　再下場雨　你愛的雨
為你　也為我

在雨中，這最後，我明白，打從心底明白
愛情，不是走了
卻是，曾經來過

開場白

之一

曹正彥

當我接到她的電話時只覺得錯愕以及不解，直到掛上電話時依舊是；因為首先，我們連認識都稱不上是，不，更正確的說法是：知道，但不認識。

我知道她的名字，因為這名字擁有某種程度的知名度，這名字拍過幾部電影，上過幾次訪問，露過幾次臉，還有，消失了很久，久到不再被談論，卻又還不至於被完全性遺忘的那種程度。

我和這名字的主人見過一次面，是工作的場合，不是記者會就是什麼商業派對之類的工作場合，沒記錯的話當時我才剛進唱片公司工作，有個很厲害的辦公室，很厲害的名片Title，往來很厲害的名人，手中有還不錯的資源運用，雖然比起當時的她來、還算有那麼一點的小巫見大巫，不過總歸而言、已經算是相當厲害的人生了，對於這樣的一個我而言。

為什麼？

在電話的開頭，她先確認是我本人之後，接著在沙啞的聲音裡她簡短的自我介紹，然後略略的說了些我聽不懂的理由，最後她問我今天方不方便見個面作為這通突兀電話的結束。

在電話裡她的用語很有禮貌並且客氣，可是她的聲音卻明顯藏不住的、明顯藏不住的什麼，感覺很像寒流來襲時的冬天，太陽是在天空露臉了，可是溫度依舊教人哆嗦那樣；並且，就算只是透過聲音而非見到本人，依舊明顯感覺得出她有種不允許被拒絕的姿態，與生俱來的那種。

姿態。

所以我沒有拒絕她，我於是答應她，在短短一分鐘不到的通話之後，而時間是早上九點過一會，我記得很清楚，因為通常是我起床的時間，當然前提是如果我還有工作的話。

為什麼？

我失業已經將近一個月了，部門裁撤是原因，而其實對於這結果我完全不感到意外，因為唱片業已經不景氣很久了，太久了，主流的流行音樂都已經風光不再了，更何況是我們這進口非主流樂團搖滾的部門。

我沒有趕上音樂界的美好年代、大牌歌手動輒唱出百萬銷售量的美好年代、歌手所要做的只是把歌唱好的單純年代，對於這點其實我是沒有什麼好抱怨的，因為反正我也沒有貢獻過幾張鈔票在主流音樂上，我買的是唱盤，還有原版的搖滾樂團CD。

我只是有點難過我這幾年經手進口的唱片不再會有被欣賞的機會，就算只是被擺在唱片行角落等待著少少的人將它們拿起的機會也沒有了，而那些真的都是非常好的樂團、非常棒的音樂哪！Underworld、Chemical Brothers、Orbital、Prodigy、Faithless、Infusion……數不清哪。

為什麼？

起床，慢吞吞的我洗臉、刮鬍子，因為時間很多的關係，我甚至又沖了一遍澡，接著把音響開到最大，在廚房裡，我給自己煎了兩顆太陽蛋和培根，切了一片厚火腿和起司，然後裝盤，從冰箱裡拿出可樂，就著音樂裡吃個搖滾味的早餐。

雖然已經盡可能刻意的放慢速度吃早餐了，可是距離約定的時間又還很久，久到足夠我再一次猶豫要不要回高雄老家去的決定？嘆了口氣，這個問題再一次的困擾住我，於是點了根菸，我抽，當菸捻熄時，這老困擾竟也奇異的消失殆盡了，真好，每次都管用。

關了音樂，洗了盤子，我要自己先出門去走一走，本來是打算散步去到健身房的，結果卻不知不覺的漫無目的地亂走了起來，就這麼亂走直到約定的時間將近時，我於是停下腳步想了想正確的方向，然後轉身換了個方向，我繼續走，走向和她的再見面。

為什麼？

約定見面的時間是下午三點鐘，而她挑了「New York Bagle」這地方，我想要不是她住在這附近的話，大概是因為這裡全天候提供美式早餐的緣故吧？她感覺上就是這時間才吃早餐的那種人。

我猜她大概也是那種無論醒在幾點、但第一餐絕對是要吃早餐的人。

我大概提早了十分鐘左右到達，本來估計是要等她等上一陣子的，因為除了她的電影之外、很會遲到是我（或許還包括所有人也不一定）對她的第二印象，然而結果當我推開大門時，卻驚訝的發現她已經到了。

驚訝。

一推開大門首先我第一眼看見的人就是她，而她並沒有認出我來；嚴格說起來她算是美人的那一型，白皙、大眼、高且瘦，可不知怎麼的、所謂美人這元素在她身上卻反而薄弱，薄弱到甚至令人緊張，好像不要恭維她這點比較好的那種，緊張。

為什麼？

「嗨！妳好，我是曹正彥。」

我說，接著她抬頭，有點困惑的她望著我，彷彿她預期見到的並不是她眼前的這個我那樣、困惑；我當下有種想要立刻掉頭走掉的困窘感，我已經很久沒有這樣了。

短短一分鐘不到的見面，她甚至連句話也沒說，但卻能夠清楚的感覺到，這是個能夠輕易左右別人情緒的女人。

清楚的感覺到。

『你好，先點些什麼吃吧。』

她說。簡明扼要，不多餘也不客套，很像她的電影，或者應該說是、她這個人會有的作風。

點頭，坐定，點餐，抽菸。

直到我的餐點送上之前，她都沒再開口說任何一句話，僅是默默的抽菸，還有，喝咖啡；雖然隱約感覺到她好像會生氣的樣子，不過我還是筆直的打量著就坐在我眼前的她：馬尾素淨的紮在腦後，沒猜錯的話應該只是用黑色橡皮筋綁著吧？

她的臉上脂粉未施，搞不好連隔離霜也沒上的那種脂粉未施，她穿著灰色的棉質長褲，上身是無袖的白色T恤，腳上踩著運動便鞋，我有點佩服她的自在穿著，除了在健身房以外、我的眼睛已經很久沒適應過這樣自在穿著甚至是淨素臉龐的女生了。

她還是我記憶裡的削瘦，她其實是個高䠷的女生，但此時坐在我對面的她看來卻嬌小，我想那大概是她駝背很嚴重的關係吧！

這是我第一次得以如此近距離的面對著她，而直到此時的此刻，我才真正具體的感覺到她真的已經消失了好幾年的這個事實；而令我自己也感到奇怪且錯愕的是，她竟讓我想起張靖，她們長得不像，她們氣質不同，可是她竟讓我下意識的想起張靖。

為什麼？

看來她是沒有想要說話的打算，沒辦法只好由我這邊來打破沉默，於是我選擇了挑明著說：

「如果妳是想找電影配樂的話，那我已經離開唱片公司了哦。」

『唱片公司？』她看起來更困惑了，『不，可能我在電話裡沒說清楚，不過我已經很久不拍電影了。』

這下子困惑的人不只她一個了。

捻熄了菸，我看見有抹微笑浮現在她的嘴角，浮現在她的嘴角，卻沒進到她的眼底。

好厲害。

『我已經很久不拍電影了。』

她又重複了一遍，然後把咖啡喝乾，喊來服務生，她要求續杯，我不知道這是她續的第幾杯咖啡，不過我留意到這年輕的服務生並沒有認出她來。

我已經很久不拍電影了。

說完這句話之後的她，感覺像是插頭突然被插上了通電了那般，把新鮮的咖啡送進嘴裡穿過胃袋之後，她突然沒頭沒腦的說起大量的話來，大量的話、用快轉的速度由她嘴裡送出，這點她倒是和以前一樣。

她講話的速度很快，快得令人壓力；無論是從前的她，又或者是此時此刻的她。

為什麼?

『剛開始的時候我還不太敢在公開場合露面，因為很不方便，我怕會被認出來，我怕又要聊我的電影，怕又要被追著問我的拍片計畫，甚至是被要求連評論其他人的電影我都感覺到害怕。

『沒有拍片計畫，這句話在那陣子我起碼講了幾百次那麼多，可是沒有用，因為沒有人相信，也對，因為好好的、幹嘛不拍了?也對；所以他們還是問，打電話來問，寫E-mail問，跑到工作室去問，說破嘴也沒有人相信我不拍電影了，而且你知道最好笑的是什麼嗎?說到了最後，連我自己也不相信了。』

「為什麼?」

打從接到她的電話之後，就一直困擾著我的三個字，我沒想到自己居然會挑在這個時間點問出，而且我十分確信自己是問錯時間問錯問題了，因為她看起來很不高興的樣子。

「抱歉，如果妳不想聊的話——」

『沒關係。』

打斷我，她說，然後試著微笑以緩和這緊繃的空氣，不過不太成功，顯然她自從不拍電影之後也順便忘記該怎麼微笑了。

在心底我這麼刻薄的想著。

大概是也感覺到了我的不耐煩，於是捻熄了菸，她直接了當的問：

『你記得蕭雨萱嗎？』

她問，而我，征住。

之二 蕭雨萱

我感覺到他的不耐煩，我知道是時候了，於是捻熄了香菸，我直接了當的問他：

「你記得蕭雨萱嗎？」

我問，而他，怔住。

那怔住的表情告訴我他記得，那是個現在包含過去的表情，或者應該說是：過去瓦解於現在的表情。那正是我想要的表情。

不設防，並且，複雜的真。

純粹的複雜。

我慶幸他沒枉費我導了場好戲，因為我不要他以為主導場面的人是他，我慶幸自己導戲的功力居然還在，我於是突然有點懷念從前還是導演的那個自己，我——

妳為什麼不快樂？

我導了場好戲，在剛才。

剛才其實我是故意的，我感覺到他的防備，我察覺到他的偽裝，我甚至感受到他的氣餒、對自己的氣餒，我於是決定引導他抽離這些、以情緒，我最擅長的情緒；我故意沒頭沒腦的丟出那些大量的話語、崩壞的情緒、壓倒性的混亂，好轉移他的注意力，接著再措手不及的丟出這個問題：你認識蕭雨萱嗎？

為的是把他從防備裡引導出來，引導出他真正的情緒，還有他真實的反應；雖然我還是不明白自己為什麼需要這些？為什麼需要見他一面？因為我真正想見的人其實——

妳為什麼不快樂？

我不是來欣賞他的保留，我不見得需要再一次地傾聽他的故事，那確實是段精采的人生，但那也不會是最精采的人生、在我聽過的故事裡，甚至是對於我自己的人生而言；我需要的是他的眼睛，以他的眼睛看待這些那些的角度；但是他卻保留，短短不到半小時的相處，就足夠讓我深深明白眼前的這個人是個保留性格的男人。

習慣把自己保留的男人。

如果使用導演檢視演員的角度，那麼他會是個天生的演員，因為他那張上鏡頭的好臉，因為他那雙靈魂的雙眼，甚至是他那比例恰到好處的高大身材；他會是個天生的演員，但他不會是我喜歡的演員，因為需要帶戲，他太聰明，他並且太防備，別人的聰明是好事，而他的聰明卻有捉弄你的意圖；他只開放自己願意開放的那一面，絕大多數的人是這樣，可是他不一樣，因為這件事甚至只有他自己知道；他會把戲演好，演成他自己本來就是那角色似的好，但他不會放感情，因為他保留，而那會很可惜。

可惜。

當我不解釋只表示從此不再拍戲時，每天每天聽到的就是可惜可惜可惜，可惜這個可惜那個，可惜——

妳為什麼不快樂？

『我記得，怎麼了嗎？』

大約是一根菸的失措之後，他問，而我，猶豫。

凝望著他左手無名指間的舊疤痕，我聽見我身體裡的那個導演繼續作用：

「我聽小雨說過你頸後有個十字架刺青，可以借我看一下嗎？」

『妳為什麼認識小雨？為什麼突然找上我？妳到底想幹嘛！』

很明顯的，這次沒用了。

嘆了口氣，燃起香菸，在一根菸的猶豫之後，我決定據實以告：

「我不知道。」

『妳不知道？』

「對，我不知道。」我真的不知道。「我今天才回台北，從……不，我今天才到台北，打電話給你時我人還在火車上，追分火車站。」追分火車站，我故意向他強調，而他的表情讓我明白這個故意沒有白費，「我不知道為什麼我想打電話給你？我不知道為什麼我會想要見你一面？見了你之後我打算怎麼辦？但我就打了那通電話，提出見面的要求，這樣而已，希望沒有造成你的困擾。」

他沉默。

『為什麼？』

「因為小雨希望我這麼做。」

他再度沉默。

「沒記錯的話，你應該和小雨一樣是二十七歲吧？」

『嗯。』

「我是個導演，但我不知道你還記得我。」

『洛希，我記得，妳很有名，我當然記得。』

「曾經很有名。」我更正他，「我試著想要盡可能正確的解釋今天的見面，可是我發現那很難，因為你和我想像中的很不一樣。」

『很不一樣？』

「你知道陳冠希吧？」

他沉默，沉默的回憶著什麼的表情。

「我以為你會是他那型的人，我想像中你們的型很像，氣質也一樣；二十七歲的大男孩，就算到了四十歲，也依舊是個四十歲的大男孩，這麼說、你懂我意思嗎？」

『結果我並不是？』

「當你把自己保留著時不是。」

『嗯。』

「於是當我發現你認出我之後，我在心底猶豫著該不該把這次的見面說成是我有部戲要拍，我準備好復出，我於是想聽聽你的故事，甚至我想邀請你加入，而那會很管用，對吧？」

『對。』

他說，然後笑，和我想像中一模一樣的笑。

「可是我發現自己並不想要騙你。」

『嗯？』

「你很……特別。」特別。這點和小雨描述過的一樣，「所以我並不想要騙你，我是可以騙你，但我並不想要騙你。」

『為什麼？』

「因為小雨。」

『小雨怎麼會認識妳？』

「說來話長。」

『妳不想說？』

「是還沒決定要不要說。」

『那我跟妳也無話可說了。』

他說，然後起身，我看見他起身，但我看見的是，他回到過去的那個自己。

『我和小雨相處了整個三年，三年來的每一天，在醫院。』

他停下動作。

「更正確的說法是，在精神病院，或者安養院，隨便！誰在乎要怎麼正確的稱呼它。」

妳為什麼不快樂？「我後來崩潰了，這件事沒幾個人知道，但這就是為什麼我消失那麼久的原因。」

他坐回我的對面，他問：

『小雨怎麼會在那裡？』

「不，我剛才說太快，我在精神病院，而小雨在醫院，三年前。」三年前，我故意再次強調這點，並且轉移重點，「我們朝夕相處，這就是為什麼我知道你的原因，她經常提起你，她讓我對你感覺到好奇，這就是為什麼我想見你的原因。」

『小雨後來當護士了？』

「也可以這麼說。」也可以這麼說。「三年前，如果你還記得的話，那是你們最後一次見面，對吧？」

『七月三十一日，我記得，然後隔天，小雨就不見了。』

「你們看到藍色月亮了嗎？」

他不說。

「你可以給我一個擁抱嗎？」

他凝望我，怔地凝望著我。

他記得。

「這是我第一次見到小雨時，她對我說的第一句話。」

『……』

「而我的反應和你一樣。」

在冗長的沉默之後，他說：

『我們沒有看到藍色月亮，我騙了小雨，我……很抱歉。』

「但你打從心底相信那天會有藍色月亮，對吧？」

他沒回答，他反問我：

『這就是妳為什麼選在今天見我的原因？七月三十一日？』

我沒回答，我反問他：

「你願意從二十七年前的那個七月三十一日說起嗎？」

國家圖書館出版品預行編目資料

好愛情，壞愛情 ／ 橘子作. -- 初版.
-- 臺北市：春天出版國際，2007. 09
面；　公分. --（橘子作品集；17）
ISBN 978-986-6899-79-9（平裝）
857.7　　96015731

橘子作品 17
好愛情，壞愛情

作　　者◎橘子
企劃主編◎莊宜勳
封面設計◎克里斯
內文編排◎陳偉哲

發 行 人◎蘇彥誠
出 版 者◎春天出版國際文化有限公司
地　　址◎台北市忠孝東路四段303號4樓之1
電　　話◎02-2721-9302
傳　　真◎02-2721-9674
E-mail◎frank.spring@msa.hinet.net
網　　址◎www.bookspring.com.tw
郵政帳號◎19705538
戶　　名◎春天出版國際文化有限公司
法律顧問◎蕭顯忠律師事務所
出版日期◎二〇〇七年十月初版十二刷
　　　　◎二〇一一年八月初版五十三刷
定　　價◎199元

總 經 銷◎楨德圖書事業有限公司
地　　址◎台北縣新店市復興路45號3樓
電　　話◎02-2219-2839
傳　　真◎02-8667-2510
印 刷 所◎鴻霖印刷傳媒股份有限公司

ISBN 978-986-6899-79-9
Printed in Taiwan

S P R I N G

每一本好書都是一顆種子，
春天播種在你的心田夢土上。

S P R I N G

每一本好書都是一顆種子，
春天播種在你的心田夢土上。

Spring